苔丝

[英]托马斯·哈代◎著　金帆◎编译

海峡出版发行集团 THE STRAITS PUBLISHING & DISTRIBUTING GROUP | 福建教育出版社

图书在版编目（CIP）数据

苔丝/（英）托马斯·哈代著；金帆编译．—福州：福建教育出版社，2018.5（2020.11重印）
（何捷主编）
ISBN 978-7-5334-8097-4

Ⅰ.①苔… Ⅱ.①托… ②金… Ⅲ.①长篇小说—英国—近代 Ⅳ.①I561.44

中国版本图书馆CIP数据核字（2018）第061749号

主编　何捷

Taisi
苔丝
［英］托马斯·哈代　著　　金帆　编译

出版发行　福建教育出版社
（福州市梦山路27号　邮编：350025　网址：www.fep.com.cn
编辑部电话：0591-83355192
发行部电话：0591-83721876　87115073　010-62027445）
出 版 人　江金辉
印　　刷　北京一鑫印务有限责任公司
（北京市顺义区北务镇政府西200米 邮编：101300）
开　　本　960毫米×1280毫米　1/32
印　　张　6.875
字　　数　135千字
版　　次　2018年5月第1版　2020年11月第2次印刷
书　　号　ISBN 978-7-5334-8097-4
定　　价　28.00元

总 序 | *FOREWORD*

人生那么短，有时间就读经典

每个人成年后，都有一个难以回避的遗憾——童年的时光那样珍贵，而我们却常常无端浪费。

在我看来，童年，就是阅读的大好时光。有一句心里话，与大家分享："儿时正是读书时。"你不得不承认，小时候拥有最自由的阅读时间。虽然说那些让人讨厌的作业整天形影不离缠着你，虽然说学习看起来还真的不是那样简单，但和未来要承担繁重工作的你相比，儿时的你，的确有大把大把的时间可以自由支配。儿时，还是最有精力的时候，只有等到你长大，或者像我一样到了中年，你才会知道什么叫做"牵绊"，什么叫做"分散"，什么叫做"心有余而力不足"。而等你感受到的时候，就是遗憾降临的时候。至今清楚地记得，相对于如今的我而言，小的时候我也曾精力充沛，而不能原谅的是，却看着时间大把大把地从我的生命中流逝。

最重要的是，儿时是最能琢磨出读书趣味的时候。因为小，所以你的无知也显得可爱，所以什么都值得你读一读。儿时的好学就是特质，似乎什么都值得你了解，什么对于你来说都是新鲜的。世界上的一切都在召唤你去探索，去改变。无疑，阅读是最佳的方式。阅读，最经济，最简单，最直接，最有效；不知道的，感兴趣的，都可以通过阅读来获取。

这样看来，读书是不二的选择，这点毋庸置疑了。只是要知道：小的时候读了多少？读了什么？怎么读？这些几乎决定了你未来怎么成长，长得好不好，长成什么样。接下来我们就说说“为什么要读经典”。

很多人对我的童年读书经历很感兴趣。他们从我的课堂上，从我出版的教学专著中，做了很多猜测：课上成这样，书出版得这么多，小的时候，他一定读过不少书吧。不然，怎么这样能写，如此能说？大家猜对了，我小的时候，书的确读得多。不过我读的更多的是大家瞧不上的“小人书”，一共好几个抽屉呢。请不要笑话哦，在我童年的那个年代，能够读几个抽屉小人书，一定是“家境优越”“家风正派”的。我的爸爸是党报的编辑，他非常重视我和姐姐的阅读，因此，他花了很多钱，为我们购买了这些小人书。这在当时，算得上是一种奢侈品。所以，我的童年过得是有滋有味的。记不清具体是哪一年，依稀是四年级吧，有一天妈妈下班回来，带给我几页金庸先生写的《射雕英雄传》的残页。所谓“残页”，就是工厂印刷失败后留下的废纸啦。妈妈在新华印刷厂工作，她为我捡回这些残页，并没有太多想法，只是丢给我，让我随便看看。没想到这一看，我就像着了魔似的，开始如饥似渴地读起金庸的武侠小说来，一本接着一本，根本停不下来，真正是到了可以不吃饭、不睡觉也要看的地步。读了如此有意思的书后，那些小人书就排不上队了。瞧，好的作品有曲折动人的情节，有活生生的有血有肉的人物，有精致诱人的细节，有让人沉醉其间的魅力。后来，小学时的每一个中午，我都是捧着厚厚的金庸小说睡着的。再后来，我还把自己的网名起为“语文老顽童”，你一定明白，这是深深地受到了经典武侠小说的影响。

阅读经典，就像用针在你的灵魂里纹绣美图。

中学时，书读得少了。到了师范学校，我全心全意地修炼教师基本功，读得也不够。做了老师，阅读的缺损就来惩罚我了。课设计得很单薄，言论没有内涵，很浅薄，一切都显得轻飘飘的。这个时候，依然是妈妈告诉我：别慌，可以用读书去改变。于是，在妈妈的鼓励下，我又一次开始阅读。真的有惊喜啊，小时候所有的阅读体验都在重新阅读时顺利复活了。阅读，其实就是一种记忆的唤醒，就是一种微火的吹燃。儿童时代所有的阅读，都构成了我们的阅读历史，构成了我们的生命，都成为我们不断成长的动力。儿时阅读，是至关重要的。

我还欣喜地发现：当老师爱上阅读，学生自然爱上阅读。

教师引导儿童阅读，绝非难事，但不要过于强调，大张旗鼓。一个老师爱读书，所带的班级学生自然也爱读书。所以，起初我主张自由阅读，并不做具体的推荐。孩子读得很随意，他们喜欢那些像“饮料”一样，乍一看很刺激的书。虽然读了，但读得不对，进步自然很慢，甚至言行还出现偏差。读什么书，对人的影响是巨大的。后来，我让他们更多关注经典这一类犹如“粮食”一样的书，情况一下得到了好转。什么是像“粮食”一样的经典呢？首先，这些书并不哗众取宠地讨好你，相反，也许你初读时并不感觉“好在哪里”，甚至还有些“读不懂”，或者是读了，有感觉了，但一切都是恬淡的、舒适的、自然的，只是的确有一种说不清楚的诱惑力，让你舍不得放下。之后，你再读，可能就会品出其中的滋味了。这种感觉让人难忘，简直说是无法磨灭。再后来，你也许会不断主动重复阅读，因为你的身体、心灵都在要求你再读一读，你已经和这些经典的书融合在一起了。经典，已经化为你的血液了。这如同粮食对人的给养，让你慢慢成长。在此之后的一生中，无论遇到什么样的情况，经逢各种各样的事，你的脑海中都会冒出一个形象，一个桥段，一个细节，它们都存活在经典中，都在冥冥中给你力量，给你帮助。这就是经典带来的力量。于是，你做出了一个很有意思的决定——把这本书推荐给身边最亲爱的人。

明白了吧，这就是我今天为什么向你推荐这套经典读物的原因了。我也是被经典打动、滋养的。我怎么能独享？当然要和你一起欣赏。

这套近百部的经典，已经不需要再次罗列书名了。对你来说，它们简直就像老朋友，真有一种“低头不见抬头见”的亲切感。但我相信，这一次你阅读它们，阅读这一套丛书，会有很多新的收获。我接下来和大家说说“如何读才好”。

经典，已经摆在我们面前，该怎么去读呢？答案很简单，三个字——慢慢读。

经典是最值得你花时间去品味，去琢磨，甚至多读几遍的。我敢保证，每一次阅读你都会有不同的发现。我希望，你可以不断进步，让阅读的层次不断提升，越读越会读。比如说，有的人读经典，只喜欢其中叙述的故事。的确，故事很精彩，但光是停留在故事，停留在内容，就等于你开采到了一块宝石，但是你却抚摸包裹在外的石衣，还没有看到真正璀璨的光芒。只读故事，损失了经典十分之九的色彩。有的孩子已经知道读经典是需要手到、眼到、口到、心到的，可以做些笔记、摘抄，做一些批注，还可以写一些随想、感受，等等。长期这样阅读经典，等于同时养成一个习惯，让自己的读写能力完成日积月累的增长。一段时间以后，你的语言也发生了变化，你的文章越发的漂亮，你看问题的角度也变得与众不同，这就叫“腹有诗书气自华”。记住，好习惯是需要日积月累的，坚持就是你永远应该保持的姿态。

必须说明，还有一种小孩非常特别。他们读书时善于思考。每次接触经典，他们都会去思考：到底这样的经典是怎么写成的呢？为什么这些故事会流传到今天呢？为什么至今还有那么多人喜欢呢？

带着探索的心，一边想，一边读，你将层层剥笋，如获至宝。每读一次都将增长读与写的功力，变得能读善写。比如说读了《水浒传》，你会发现每个好汉都有他的绰号，而绰号和好汉的特点是相关的，你开始琢磨作者是怎么去构思并写出这么多各具特色的人物呢，哪些细节让我们留下对人物深刻的印象呢。再比如说你发现《西游记》中有一个故事叫“三打白骨精”，《三国演义》中有个故事叫“三顾茅庐”，还有“三气周瑜”，《水浒传》中有“三打祝家庄”的故事。为什么都是“三”呢？是巧合吗？难道真是发生了三次吗？读得多了，你会发现这也许就是一种创作的手法吧。再往下读，你又会看到许许多多的作品中居然都有这个神秘的“三”的存在，慢慢地你就会用“三”的结构来写自己的故事。看，你不就又成长了吗？

阅读了这套书，接触过近百部经典之后，你会非常欢喜，因为收获满满，实实在在。这时候，我希望你把这些经典推荐给自己的小伙伴，或者，直接跟同伴讲这些经典故事吧。经典本身就需要被口耳相传，经典本身就可以通过一次又一次的接力传承下去。你甚至会发现，身边处处都是这些经典的影子。例如，有的经典被拍成电影，有的经典化为一个个细小的话题，有的值得进行专项的研究性学习、主题研究，等等。读经典，让整个人都变了。读经典的妙用就在于“陶冶性灵，变化气质”。

童年正在流逝，还等什么？赶紧读经典吧！

2017年10月

目 录 | CONTENTS

《苔丝》导读方案

一、通过名著作品了解丰富的社会生活

文学作品反映了广阔的历史画面，展现了丰富的社会生活。阅读名著作品，要注意把握作品的主要内容，了解作品所反映的社会生活。

1. 了解作品中所展现的社会生活画面

文学作品往往通过设置重要的情景以及典型事例来反映社会问题，揭示出相关的社会本质。阅读名著，要注意把握作品的主要内容，了解作品所反映出来的丰富的社会内容。

19世纪资本主义社会制度下，英国农村妇女悲惨生活的写照

➤

《苔丝》是一部社会批判小说。作者以英国社会底层农民生活为背景，为我们描述了农村女孩苔丝的生活及爱情经历，塑造出一个出身贫寒却善良、纯洁、坚忍的人物形象，被恶少奸污、痛失爱子、被丈夫遗弃、走上绞刑架……这些情节都再现了当时资本主义社会制度下英国农村妇女的悲惨生活，揭露了工业社会虚伪的道德观念。

2. 体会作者在文中所表达的思想和情感

文学作品在反映社会生活的同时也饱含了作者的思想和情感，体现出作者对社会生活的评价和态度。阅读名著时要注意把握文章的中心思想。

《苔丝》歌颂了女主人公纯洁、善良、真挚的高贵品质 ➤ 被人诱奸、与丈夫分离、失去亲人……女主人公苔丝虽然经历了命运的多重打击，但她依旧美丽善良，主动扛起家庭重担，甘愿为了真爱牺牲自己，这一切都显示了其纯洁、善良、真挚的高贵品质。

《苔丝》批判了当时资本主义社会制度下，人与人之间的冷漠以及宗教道德的虚伪 ➤ 作者在讲述苔丝悲惨命运的同时，为我们描绘了一个满是黑暗、残忍的资本主义社会现实。他用悲凉的笔触批判了工业社会下人与人之间的冷漠和残忍，让我们看到了资本主义社会宗教道德的虚伪。

二、把握人物形象的塑造

人物形象的塑造是评价文学作品的一个重要标准，学会分析品评人物形象是阅读名著作品能力的体现。阅读名著作品，要抓住人物形象进行解读，深入分析人物的性格特点，从而加深对作品主要内容和中心思想的理解。

1. 人物形象的主要性格

塑造人物成功与否的一个关键点就是看人物是否具有鲜明的性格特点。一个能使读者留下深刻印象的形象必定是具有某些不可替代性，是具有其他人物所没有的个性特征。

苔丝：善良、坚忍 ➤ 苔丝与安琪相爱后，她不忍欺骗爱人而多次想将往事据实以告；在安琪向自己表白后，她宁可痛舍真爱也要成全他人；与安琪分开后，她为了家中生计而百般奔波，这一切都显示了她善良、坚忍的性格特征。

安琪：单纯、热情 ➤ 安琪在经历人生历练之前，对苔丝、对生活、对整个世界都充满了简单的想象，容不下一点瑕疵，这体现出他的单纯；而他对苔丝的爱又充满了无限热情，哪怕家人持反对意见，苔丝对他也几番拒绝，都无损于他的热情。

2. 人物性格的复杂性

文学总是要反映生活的复杂性，人物的刻画也是如此。一个成功的人物形象不仅具有鲜明的性格特点，也具有人性的复杂性与矛盾性。

苔丝：矛盾、纠结 ➤ 安琪的求爱使她极为矛盾；一方面，她想忘记过去与心爱的人好好生活；而另一方面，善良的本性又让她无法欺骗爱人，甚至甘愿放弃到手的幸福，也要将实情和盘托出……苔丝矛盾、纠结的形象跃然纸上。

安琪：迟疑不决 ➤ 安琪的性格中有着迟疑不决的软弱一面，这体现在他对真实的苔丝搞不清自己是爱还是不爱，这种摇摆也使得两个人一次次错失机会，最终走向悲剧。

三、品味文学作品的语言

语言的成功运用是文学作品成熟的标志，对文学作品的把握和理解是阅读能力的一种重要体现。把握名著作品的语言可以感受作者个性化的语言特色，可以领会作者复杂的情感和独到的感受。

《苔丝》的语言朴实自然 ➤ 《苔丝》的语言非常朴实自然，如“我就是死了也不能那样办”、“那丢死人了，我去吧！”这种口语化的语言，读来亲切感人。

四、体会其他艺术特色

情节叙述的技巧、情景交融的运用、结构的安排等都可以增添文学作品的亮点，甚至可以起到点石成金的作用。所以在把握文学语言之外还要注意体会其他的一些艺术特色。

《苔丝》的另一个艺术特色：语言具有画面性 ➤ 作者善于运用精妙的描写和丰富的修辞，将他所要讲述的情景变成一幅幅栩栩如生的画面，深深地印在读者的脑海中。舞人现场、老马之死、英雄救美……这些仿佛就是一幅幅画卷，让人可观可感。

本书在《苔丝》原著基础上加以改编，以更适合青少年阅读。

阅读与写作能力提升要点

阅读能力提升要点	理解词语的深层含义
	体会关键语句的作用
	准确把握文章的内容
	深刻体会作者的思想情感
	感受作品的艺术特色
	对人物形象做出自己的评价
写作能力提升要点	扩大知识面，积累写作素材
	拓展思维，巧妙构思、立意
	勇于创新，充分发挥想象力
	巧用修辞，使语言生动形象
	准确描述，灵活运用表达方式
	感情真挚，真实表达思想情感

第一章　美丽的苔丝

马勒村穷苦的中年男子杰克·德北在五月的一个傍晚卖货归来，途中从一名牧师那里得知，他是古老高贵的爵士世家德伯氏的嫡派子孙。高兴无比的他，竟然花了一先令叫人从酒店派来了一辆轻便马车，送他回家……

马勒村坐落在美丽的布莱克摩山谷中，它与沙斯顿毗邻，群山环抱，幽深僻静。这里土壤肥沃，青草碧绿，泉水叮咚作响。一条条通往村中的小路曲折蜿蜒，呈现出淡淡的白色；道路两旁一排排红黄相间的小花儿，在微风中点头微笑；一座座房屋掩映在青山绿水之中，厚密的常春藤偷偷地爬上了房檐。

此处将花和常春藤拟人化，形象生动地展现出一派生机勃勃的景象。【拟人修辞】

据说布莱克摩山谷又名“白鹿苑”，在亨利三世执政时期，亨利王追捕到了一只白鹿，这只白鹿美丽异常，亨利王没舍得杀害，将它放掉了。然而这只白鹿最终还是没有逃脱被捕杀的厄运，一个叫塔姆·德拉林德的人将它杀害，国王非常生气，重罚了这个人。为了纪念那只美丽而又可怜的白鹿，从此，这块地方便以“白鹿苑”命名并闻名遐迩。

现如今，御猎场早已不复存在，就连葱茏茂密的树林也没有了往日的风采，但是旧日林间树下的一些古风，却被改换成了另一种方式悄然留存，比如在杰克·德北回家的这个傍晚，有着五朔节舞会意味的游行会就正在如火如荼地进行着……

结对而行的妇女们穿着白色长裙，手中拿着精心准备的柳条儿和怒放的花朵，向草场走去。队伍里面，大多数为年轻姑娘。远远望去，窈窕的身姿，高耸的云鬟，轻盈的步伐，是那样的美丽动人。她们正准备离开大道进入草场，也就是舞会的场地时，一辆马车沿路驶来，队列中的一个女人看到马车，情不自禁地喊了起来："天啊！快看，快看呀，苔丝·德北，乘坐大马车的那位不是你爹吗？"

从身姿、云鬟、步伐等写出了姑娘们的青春美丽。【外貌描写】

一个年轻姑娘抬起头来，这是一个多么漂亮的姑娘啊，娇嫩的脸庞，天真清澈的大眼睛，娇艳生动得如同花朵一样的红唇，头上的一根红丝带随风舞动，在一片白色的队列中鲜明而美丽。她随着马蹄声望去，看到德北——她的父亲，正舒服地靠在"醇沥酒店"的马车上，微闭着眼睛，边行驶边念念有词："我家在不远处有一大片祖坟；我祖宗是武将哩，都躺在那儿的名贵棺材里面！"

从脸庞、眼睛、嘴唇、头发等细节写出了苔丝美丽的外貌，塑造出一个魅力十足的少女形象。【外貌描写】

这位叫做苔丝的漂亮女孩儿看见大家都在窃窃私语，暗中嘲笑她的父亲，脸上不禁有了一阵热辣辣的感觉。

"我想他是累了，走了那么远的路去卖货，所以就顺路找别人把他带回来了。”女孩连忙解释道。

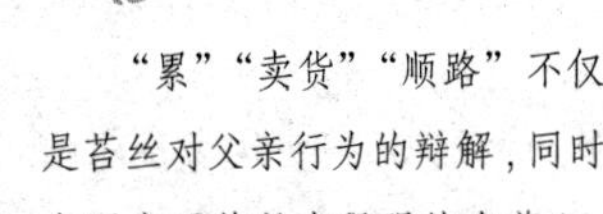

“累”“卖货”“顺路”不仅是苔丝对父亲行为的辩解，同时也写出了苔丝有很强的自尊心。【语言描写】

“你可别掩饰了，苔丝，他是赶集的时候灌多了，哈哈！”

“你们怎么这样呢，要是再笑话我爹，我就不跟你们一起走了！”苔丝将头低下，忍住了即将流出的泪水。女伴们本就是想开开玩笑，一看她这样，就没敢再吭声，继续向草场行进，那辆大马车也渐行渐远。

大家走进跳舞场地，开始跳了起来。最开始，由于村里的男人们还没收工，姑娘们便自己找起女伴，对舞起来。这时，有三个年轻人挎着背包从此路过，从他们的年龄以及相貌上看，他们应该是三兄弟。老大系着白色领带，穿着黑色马甲，戴着薄边帽子，好像是位副牧师；他的身边站着一个身材修长、规规矩矩、眼神木讷的男孩儿，应该是他的大弟弟，仿佛是个大学生；至于年龄最小的那个，仅凭相貌和举手投足来看，很难辨出他的身份，在他的身上有一种天真自然、无拘无束的气质。这兄弟三人是来布莱克摩山谷游历旅行的。

看到一群女孩自己对舞，老三感到非常有趣，于是将背包和拐杖放下，跃跃欲试。

“你要干吗，安琪？”老大问道。

“走啊，咱们去玩一会儿吧！”

“你可别闹了！”老大说，“众目睽睽，同一群乡下丫头跳舞，成什么体统！快走吧，咱们还得赶路呢！”

简短的一句话看似很随意，但却为下文中年轻人与苔丝的相识做了铺垫。【铺垫】

“这样，你和二哥先走，我小玩一会儿，随后就来。”

老大叹了口气，拿起弟弟的背包，和老二继续上路了。

老三走进草地，对女孩儿们说道：“美丽的姑娘们，你们的舞伴呢？”

“他们还没收工呢，先生，趁他们没来，你当个舞伴好不好？”一个姑娘说道。

“好啊，可这么多姑娘，就我一个男的啊！”

“嗨，没关系，你想和谁跳，就和谁跳，随便挑。”

“哎呀，你怎么这么说呢！”一个比较腼腆的姑娘向刚才那位大大咧咧的女孩儿小声说道。

青年虽然觉得有趣，但也不好意思真的在姑娘们当中挑选，于是最后，他就和离身边最近的女孩儿跳了起来。

过了一会儿，村里的年轻人收了工，也都纷纷来到舞场，邀请各自心仪的女伴儿翩翩起舞。

“咚咚咚……”教堂的大钟敲醒了那个青年，刚才只顾着玩得高兴，都忘记时间了，他必须得走了，他的两位哥哥一定已经走出很远了。当他穿过跳舞的人群，走到草场边缘时，一双大眼睛吸引住了他，那是苔丝·德北的眼睛——美丽、清澈而又带着一丝幽怨，有着一种动人心魄的力量。端庄清丽、娴雅幽静的她在

作者抓住了苔丝的眼睛细致刻画，写出了苔丝的美能够打动人心。【外貌描写】

身上那件单薄白裙的衬托下又显得那么的温柔娇弱。看到她，青年后悔极了，刚才他怎么就没有注意到她，他竟然错过了与这般漂亮的女孩儿共舞的机会。

苔丝·德北站在那儿，看着青年从身边走过，看着他走了好远还回头看自己。最后，他跑了起来，一会儿的工夫，便跑过了山坳，登上了一个山坡。苔丝·德北望了很久，直到霞光在山间将陌生青年的身影完全吞没……她轻叹了一声，这个年轻人是多么的阳光帅气啊，他的身上散发着一种好似太阳般耀眼的光芒。在村子里面，在草场中间，谁的眼神都不如他的皎洁清澈，谁的气质也不如他的优雅独特。

> 从苔丝的角度来刻画青年的魅力非凡，可见这个青年人深深地吸引了苔丝。【侧面描写】

其实像苔丝这样一个刚满十七岁，天真纯洁、情窦未开的女孩，即使是参加这样的舞会，也不过是为了单纯的跳舞，即使她知道有的伙伴们已经坠入爱河并深陷其中，但她却从来没往自己的身上联想过。舞会上，小伙子们对她的各种殷勤以及争风吃醋的举动，她觉得很有意思并享受其中，可如果一旦追得紧了，她便要逃开了。

她和伙伴们一直流连到暮色苍茫之际，才转身回家。途中，她想起了父亲白天古怪的举动，不由得加快了步伐，父亲到底怎么了？

·品读与欣赏·

本章以一个特定的环境“五朔节舞会”为背景，引出了小说的主人公——苔丝。作者通过对人物进行外貌描写，写出了苔丝的美丽动人。同时通过语言描写，再现了主人公苔丝的自尊、腼腆，这也为下文写苔丝的爱情经历埋下了伏笔。此外，环境描写也很精彩，渲染出一种喜庆的气氛。

·学习与借鉴·

1.环境描写：作者在小说开篇重点描绘了马勒村的美丽环境，为下文舞会的进行渲染出欢乐的气氛。

2.外貌描写：精致的外貌刻画能给人以深刻的印象，从而能表现出人物鲜明的性格特征。比如苔丝出场时，文中对其脸庞、眼睛等处的刻画，将苔丝的美丽、纯洁与天真尽情地展现出来。

第二章 “王子”之死

在离家还很远的地方，苔丝便听到了母亲的歌声以及摇篮在石头地上剧烈摇摆发出的一连串声音……

推开门，苔丝怔了怔神儿，半天才从刚才过节的气氛中跳了出来。从美丽的花束，旋转的舞步，阳光般的陌生青年，到现在的一只红烛，幽暗的光线，母亲埋头劳作的屋内景象，苔丝还有些不适应。

和苔丝出门时候一样，母亲身旁围着一群孩子，她一只脚站在洗衣盆旁边用来稳住身子，另一只脚正忙着摇晃最小的孩子，双手在洗衣盆中忙碌，洗衣水从她的胳膊肘上往下直滴，已经在地面上形成了一个小水滩儿。那个摇篮，早已经破旧不堪，摇轴几乎已经磨平，每晃动一下，都会发出嘎吱嘎吱的刺耳的响声。

德北太太一边洗着衣服，一边哼着小调，还不时地瞅一下摇篮中的小女儿。虽然抚养一大群孩子的担子很沉重，但是仍旧没有影响到她对生活的热情。只要是从外面流传到布莱克摩山谷的小曲儿，苔丝的妈妈准能学会并且唱得很好。

苔丝晃过神儿来，产生了强烈的自责心理，对于自己在外面贪恋游玩，没能早点儿回来帮助母亲干家务活儿，苔丝内心充满了愧疚。

“妈，我帮你摇一会儿摇篮吧，要不我帮你洗洗衣服也行。”苔丝温和地说。

“女儿回来啦。”今晚，母亲似乎很快乐，连嘴角都是向上翘着的。“我告诉你一个好消息。你知道吗？其实咱们家是全郡最有名望的大户人家哩……咱们的真实姓氏是德伯……真是没想到啊，这真是太棒了。”她的眼睛闪着光芒，“你爹也高兴坏了，今儿还特意雇了辆马车回家呢。”

“真的呀，真好！”苔丝高兴地说，“妈，你说这事儿对咱们来说都有啥好处啊？”

“傻孩子，先不用说别的，这事儿只要一传出去，就会有很多高贵的亲戚朋友，坐着漂亮的大马车，来看望咱们啦。”

“那我爹这会儿上哪儿去啦？”苔丝突然问道。

“他今儿上沙斯顿去找大夫来着，他的病好像不是肺痨，好像是心脏外头长了脂肪啦，大夫说要是再长下去，就会将心脏全蒙上，那就活不成了。”

苔丝惊愕之余非常担心：“我爹到底上哪儿去啦？”

“你先别着急！那老头子被牧师的那些话捧上了天，就按耐不住啦，早就跑到罗利弗酒馆去啦。明天凌晨一点前，他得赶集去送那些蜂窝，他要趁着动身之前好好放松一下。”

“放松？”苔丝疾言厉色地说，“跑到酒馆去放松？妈，你怎么不管着他？”

“哪有，”母亲辩驳道，“我现在就去找他，我一直想着，等你一回来，我就去找他的。”德北太太拿起外衣：“对了，你把测命书拿到外边的草棚里去吧。”

苔丝听从母亲的话并送母亲出了门，看着母亲的背影在暮色中消失，她不禁暗暗地想：母亲今天看测命书，一定和刚刚知道的爵士世家有关——事实上她想错了，这事恰恰和她相关。

回到屋内，九岁的弟弟亚伯拉罕和十二岁半的妹妹埃丽莎·露易莎（大家都习惯叫她丽莎）还在地上玩耍，而其他更小的弟弟妹妹们已经进入了梦乡。渐渐地天彻底黑了，可父亲和母亲还没有回来。苔丝向门外望去，整个村庄已经慢慢地陷入了黑暗之中。

父亲明天还要起早赶集，却这么晚还不回来。

她走到亚伯拉罕面前：“弟弟，你去一趟罗利弗酒馆，让爹妈赶快回来。”

“好嘞！”小男孩跳起来，一把抓起帽子，蹿了出去。

又是半个钟头过去了，父亲、母亲、小亚伯拉罕，谁都没回来。连小亚伯拉罕也像父母一样，让酒馆给粘住了。

苔丝在屋里转来转去，最后，拿起衣服，也进入了茫茫夜色之中……

在村尽头的罗利弗酒馆里，杰克·德北一边拿着酒杯，一边出神地嘟囔：“我是名门望族的后代，整个村庄谁也比不上我！”

兴高采烈的妻子来到丈夫身边，“我有一个好主意，想跟你说一说。”她用胳膊肘推了推丈夫，“知道这事儿之后，我就不停地在琢磨，我想起一位有钱的老太太，住在狩猎林边，她就姓德伯。”

“噢？”德北抬起头。

“那位德伯老太太，肯定就是咱们的本家，”她说，“我打算让苔丝去认亲。”

“我想起来了，的确有一个姓德伯的老太太。”德北说，“但是，她能有我们家正宗吗？说不上只是从诺曼王朝时代传下来的一支末房哩。”

“管她呢，反正这老太太很有钱，她见了苔丝，保准会喜欢的。”德北太太继续说，“这是一桩多好的事啊！认了亲，就可以彼此来往了。”

“好啊，认亲去！咱们都认亲去！”亚伯拉罕在桌子底下兴高采烈地拍手，“等认了亲，咱们也能坐大马车，穿漂亮衣服了！太好了！”

“这孩子，你怎么跑来啦？大人说话小孩儿别插嘴！去楼梯上玩去吧，一会儿走时叫你！”德北太太边说边推着小亚伯拉罕，“我说，苔丝应该去看看咱们那个本家。她一定会让老太太喜欢上她的——一定能，说不定趁这个机会她还能嫁给一个高贵的绅士呢，我觉得这事儿靠谱。”

“你怎么知道？”

“我翻了一下测命书，给她算了算命，上面说她婚姻大吉呢……再说，你又不是没看到，她有多漂亮！她那娇嫩的皮肤呀，吹弹可破，做个公爵夫人绰绰有余。”

“苔丝自己愿意吗？那丫头的脾气可倔着呢。”

“没事，她挺听话的。这事就都交给我好啦。”

德北夫妇的话被酒馆里邻桌的客人听得清清楚楚，他们不禁私下里暗暗地议论了起来，“我今儿个看见苔丝和那一大群姑娘了，苔丝那姑娘，还真是个漂亮妞儿！”一个老酒鬼低声说。“不过，约翰·德北可要小心了，可别‘偷鸡不成反蚀把米’……”

这时，楼底下响起了脚步声，不一会儿，苔丝便走进了酒馆。

德北夫妇一看女儿来了，连忙住了嘴，母亲似乎察觉出苔丝出现在这浑浊不堪的酒馆里不太合适，于是急忙拉起丈夫和儿子，张罗着回家。一路上父亲一边吐着酒气，一边继续嘟囔着自己的显贵家世，好不容易才被别人搀扶着进了家门。在结束了一天的喧闹后，他们终于可以上床睡觉了。

半夜一点半，德北夫人突然敲开了女儿的房门。“你那可恨的爹去不成了。”

苔丝从床上坐了起来，迷迷糊糊地在那儿直发愣。

“那怎么办呀？”她问道，“卖蜂窝本来就已经晚了，要是再耽误到下次赶集的时候，还有谁要？最后只能由咱们自个儿兜着了。”

德北夫人一时没了主意：“要不找别人去咋样？在昨天那些非要和你跳舞的里面，找一个？”

“不行，我就是死了也不能那么办！”苔丝蹭地一下从床上站了起来，“那丢死人了！我去吧，让亚伯拉罕跟我去！”

于是，小亚伯拉罕也在梦中被拉起，神志恍惚地和苔丝坐上了破旧的马车。

拉车的是一匹老马，名叫“王子”。姐弟俩将灯笼挂在马车上，然后拍马启程。直到这时，亚伯拉罕才有些清醒，看看这，望望那，一会儿说这棵树像老虎，一会儿又说那棵树像鬼怪。

“姐姐，咱们现在成了贵族了，你高兴吗？”

“不是很高兴。”

“等你嫁到有钱绅士家里的时候，就会高兴了吧？”

“你说什么？”苔丝惊讶地转过头来。

“昨天我听咱爹妈说的，说要让你去一个老太太家认亲，然后好帮你找个有钱的绅士。”

苔丝突然变得一声不吭，一脸凝重。

亚伯拉罕见姐姐不吭声儿，于是背靠着蜂箱，仰着脸儿观察起夜空来，星星在苍穹中闪烁着，好像完全将世上那两个如草芥的渺小生命置之度外。

亚伯拉罕看着看着又迷糊起来，不一会儿就睡着了。苔丝接过缰绳，继续向前驶去。这会儿，没有亚伯拉罕缠着她说话，她就往后靠在蜂箱上，出起神儿来。冥想中，她仿佛看到了父亲在大声吹嘘，母亲在自鸣得意，而那个传说中的上等绅士正一脸鄙视，在嘲笑她贫穷的家境，嘲笑她父母的老旧腐朽……突然，车子猛地一震，她醒了，原来刚才她也睡着了。

“喂——唉！”不知是谁在前面大声地叫着，还有——好像是一种非常沉重的呻吟声。

苔丝跳下了车，看清了眼前的情景，她不自觉地晃了一下，原来，呻吟的声音是老马“王子”发出的。一辆早班邮车与她那可怜的车马纠缠在一起了。邮车那尖尖的车辕，好像一柄锋利的宝剑，对“王子”穿胸而入，鲜血正从伤口处向外直喷，只一刹那的工夫，地上便已形成了一大滩血迹……

杰克·德北没有过多地责怪女儿，他为“王子”挖了一个坟。在将“王子”入土的时候，一家人都围在四周，孩子们更是嚎啕大哭。

苔丝木然地站在坟边，面色苍白，她已经把自己看成了杀害老马的凶手。

做小生意，拉货办货，全都靠马。“王子”一死，生意也就泡汤了，这对于本就穷困潦倒的德北家来说，无疑是雪上加霜。

苔丝觉得，是自己把父母推到这一团烂泥里的，她有责任拯救他们，拯救整个家庭。因此，当母亲提出要她去狩猎林边上的德伯老太太那认亲的时候，虽然出于高傲的自尊心，她本是百般不愿，但最终还是答应了母亲的请求。

·品读与欣赏·

本章紧承第一章娓娓叙来，讲述了杰克·德北一家知道了自己是名门贵族子孙后的打算。作者通过对人物语言的描写，再现了人物当时的兴奋心情，同时通过对苔丝的神态描写表现了苔丝的不以为然，并且“王子”之死也为下文埋下了伏笔，苔丝的人生命运将发生重大转折。

·学习与借鉴·

1.语言描写：语言描写能够反映人物当时的心理活动，如“‘不行，我就是死了也不能那么办！’苔丝蹭地一下从床上站了起来，‘那丢死人了！我去吧，让亚伯拉罕跟我去’。”其中的“不行”“丢人”等写出了苔丝对自己人格的维护。

2.比喻修辞：比喻将抽象的事物形象化、具体化，更好地展现出事物的特点。比如文中将邮车的车辕比喻成“锋利的宝剑”，就写出了车辕尖利的特点。

第三章　认　　亲

一个难忘的清晨，苔丝步行到了依山为镇的沙斯顿，又在那里坐上了一周两次的大篷车，去拜访住在特兰岭教区的那位神秘本家——德伯老太太。

德伯老太太的宅第建在狩猎林边，当苔丝小心翼翼地走到那儿时，一所红砖门房赫然出现在她的面前，房屋的四周爬满厚密的常春藤，为整个宅第增加了一丝神秘色彩。但这还并不是宅第的全部，当苔丝惶惶不安地来到院子里时，才发现这里还有漂亮的马厩，精致的帐篷，以及顺着斜坡一直延伸到坡下的小灌木林里的玻璃花房子……这一切简直就像教堂一样华丽。

"小心翼翼"写出了苔丝内心的忐忑和谨慎。【用词准确】

苔丝·德北傻傻地伫立在院子中间，有些发晕。"还以为是个老门户呢，原来竟全都是新的！"她不禁喃喃自语。这里的幽静安逸、华丽耀眼使她还没来得及辨清方向，就已不知不觉地信步走开。这儿的房屋和庭院已经出乎了她的想象，她突然感到很后悔，觉得不该就这样听从了母亲的怂恿，为了改变家中的境况，她似乎应该再想想别的办法。

简短的一个解释与下文中西蒙·斯托克的冒名顶替形成照应，从而突显出苔丝今后的遭遇充满悲剧性。【前后照应】

此时的苔丝并不知道，事实上这所宅第的主人并非德伯家族的后裔。在本郡或附近地区，古老的德伯家族唯一真正的嫡系子孙还真的就苔丝一家。

而此处已经过世的主人原名叫西蒙·斯托克，是北方的一个商人，为了摆脱精明的买卖人形象，他在来此处定居之前，在大英博物馆里花了很长时间找到了“德伯”这个看起来比较高贵的姓氏，于是便把“德伯”与自己的姓氏连接起来，变成了德伯家族的一支，当然，是冒名的一支。

苔丝迟疑地站在帐篷前面，进也不是，退也不是。这时，一个人从帐篷中走了出来。这是一个身材高大的青年，嘴里还叼着烟卷。他皮肤暗黑，两片厚嘴唇虽然红润饱满，但并不端正；他不过二十三四岁，但嘴上却早已留了两撇八字须，两个尖儿还朝上撅着。从他的身形和那双滴溜乱转的眼睛里，苔丝看到了一些粗鄙的习气。他叫亚雷克，是已经去世的西蒙·斯托克先生的独生子。

“叼着烟卷”“不端正”“朝上撅着的八字须”，通过这些外貌的刻画写出了青年的粗鄙、不正经。【外貌描写】

“嗬，大美人儿，你上这儿来有什么事儿啊？”他走上前来，发觉苔丝站在那儿不知道如何是好，便接着说，“我是德伯先生，你有什么事儿需要帮忙尽管说。你是来找我的吗？还是找我母亲的呀？”

“先生，我是来找您母亲的。”在苔丝的想象中，德伯先生应该是一位相貌端正、德高望重的老人，有着丰富的学识和阅历，而眼前这位，不仅与她心中勾勒的形象大相径庭，还给她一种非常不舒服的流氓气息。

“她正在生病，有什么事儿你就和我说吧。”

“也没什么事儿，只是——哎呀——”现在的苔丝，觉得这次拜访竟然是荒谬可笑的，让她无论如何也张不开口。

她那玫瑰花瓣似的红唇张张合合，局促不安的神情可爱极了，让那位留着八字胡须的先生看着心痒难挠，“没关系，说吧，好姑娘。”亚雷克貌似和蔼可亲。

> 将苔丝的嘴唇比喻为“玫瑰花瓣”，不仅写出了苔丝的美丽动人，也写出了亚雷克的不轨心理。【比喻修辞】

“这事儿说起来像个笑话，是我妈妈让我来的。”苔丝窘迫地说，“她让我告诉你，我们跟你们是本家。”

“哦？姓斯托克？”

“不，姓德伯。”

“对，对，我说的也是德伯。”

“村里的人有时念白了也叫我们德北，我们家还有非常古老的徽章和一把银钥匙，上面还刻着城堡呢。”

“不错，我也有那玩意儿。”他温和地说。

“我们家最近出了事，死了一匹马，母亲说我们是本家，所以应该来跟你们说一声儿。”

“噢，我明白了，这倒没什么不好的。你家住在哪儿？你父亲是干什么的？”亚雷克边说边打量着苔丝，弄得她脸都红了。

苔丝简单地介绍了一下家里的情况，之后就要向亚雷克道别。

“要想等到大篷车，还早着呢。本家小妹妹，我领着你在这周边转一转吧。”

“想拒绝”“不好开口”“只得跟着”等语言，写出了苔丝的矛盾心理。【心理描写】

苔丝本想拒绝，但青年的热情使她又不好意思开口，只得跟着他参观了附近的花圃、温室以及果园。

“爱吃草莓吗？”亚雷克打破寂静。

“嗯，爱吃。”苔丝乖巧地说。

亚雷克将她带到一片草莓中间，弯下身去采摘了好多草莓塞给苔丝，后来，他摘了一个品种非常名贵、口感非常甘甜的草莓，直起腰来，要亲手往苔丝嘴里送。

“别——别！我自己来就好。”苔丝赶紧伸出手挡住了递过来的草莓。

“别动！”亚雷克坚持把草莓塞进了苔丝的嘴里，苔丝一脸尴尬。

“挑选”“戴”“选”“插”“摘”“放”等一系列的动作，展现出亚雷克对苔丝的追求别有用心。【动作描写】

接着，他们来到了一大片的玫瑰花旁，他挑选了一些漂亮的花戴到苔丝胸前，又选了一两枝花苞插在她的帽子上，最后还摘了好多放在她的篮子里。在惶恐之中，苔丝一切都由着他摆布。

最后，他带着苔丝回到帐篷里，等着大篷车返回。

“花儿漂亮吗？”

“哦，是的，先生。”苔丝·德北天真无邪地摆弄着篮子里的玫瑰花儿，压根儿没有看到，亚雷克正坐在她的对面，一面吸着烟，一面眯着眼睛透过缕缕青烟，从上到下打量着她。当然，她更加没有料到，在迷蒙的青色烟雾后面，正隐藏着她人生舞台上的悲剧……

也许，作为旁观者的我们不禁会想：美丽单纯的苔丝怎么会遇到这样一个人？为什么她就不能遇到心中的白马王子，一个真正儒雅的绅士？然而世事就是这样，真正彼此相配、彼此相爱的人却总是得不到恰当的时机，上天也很少肩负起指点迷津的重任——对那些可怜的人们说一声“小心”，或是对一个痛苦的灵魂回答一声“我在这里”……

作者在此处为下文埋下伏笔，“人生舞台上的悲剧”指的是下文中苔丝的失身，这也是她人生命运的一个悲剧性转折。【埋下伏笔】

苔丝·德北走后，亚雷克坐在帐篷里，翘起二郎腿，低声淫笑：“哈，真是有趣！上哪儿去找这种好事儿？好一个迷人的小妞儿！”

与此同时，大篷车上的苔丝在低头的一瞬间，被戴在胸口的玫瑰的尖刺意外扎到了下巴，“这似乎是个不祥之兆！”苔丝隐隐约约地觉得。

“玫瑰的尖刺意外扎到了下巴”“不祥之兆”暗示出苔丝即将遭遇不幸。【意蕴深刻】

一个礼拜后，经过一番思想斗争的苔丝坐上了亚雷克·德伯所驾的崭新明净的双轮马车。她接受了德伯太太的邀请，前往特兰岭去照顾老太太的养鸡场。

车子在美丽的布莱克摩山谷奔驰，亚雷克就坐在苔丝的旁边，轻便的双轮马车用不了一会儿的工夫就把那些装箱子的大车甩得老远。一路上，亚雷克不停地和苔丝逗话。山路越来越高，山脊旁，大片美丽的风景从他们眼前掠过，转眼间，车子便来到了一个山顶上。

自从上次"王子"出事以后，苔丝·德北特别害怕马车，车子稍有些晃动，她就惊慌不已。现在亚雷克驾车一路狂奔，她自然害怕得要命，嘴唇都咬得死死的。

"怎么，害怕了？"亚雷克扭过头来看了看她，咧开两片厚嘴唇笑了起来，露出了不是很白的牙齿。

"厚嘴唇""不是很白的牙齿"，这些细节刻画出了亚雷克丑陋的嘴脸。【细节描写】

"你慢点儿！"苔丝尽可能地想稳住自己的声音。

"没想到我的本家小妹妹也会害怕？亲爱的，你不觉得策马疾行的感觉非常好吗？还有什么比这更刺激的呢？"

"你最好还是慢一些，太危险了！"

"唉！"他摇了摇头，接着说，"其实快慢也不能完全由我一人做主。蒂勃这匹马脾气可坏着呢，都已经摔死一个主人了，我把它买到手后不久还差点儿摔死了我，后来虽然驯服了些，但脾气依旧大得很，所以呀，快慢与否，还得看它的脾气呢。"

他们开始下坡，马车飞奔，车轮子嗡嗡直响。有时，车轮子似乎飞起来半天不着地；有时，一块石子被马蹄踢得直打旋儿；还有时，车轮与路面碰撞的火花耀眼夺目。路两边的景色在马车的颠簸中飞驰而过，苔丝也在车上被颠得头脑发胀，两眼直冒金星，她的头发随着风儿向后高高飘舞，因为她并不想表露出自己的恐惧，所以手也开始不自觉地抓住了亚雷克的胳膊。

从这些苔丝的反应中侧面写出了亚雷克的不怀好意和故意策马疾奔的不轨行为。【侧面描写】

“别抓我胳膊！抱住我的腰！否则咱俩都得完蛋！”

她抱住了他的腰，就这样马车飞奔到了山下。

“谢天谢地，终于平安了，你太能胡闹了！”她松开了手臂，气鼓鼓地说。

“胡闹”“气鼓鼓”写出了苔丝的天真与单纯，也更加表现出苔丝涉世不深。【语言、神态描写】

“哎，你不能一脱离危险，就不理我啊！”亚雷克无赖地说。

苔丝坐在那儿，半天没吱声，脸上渐渐恢复了红润。然而，转眼间，他们又来到了另一个山坡上。

“可准备好了啊，又要下坡了！”亚雷克说道。

“别，别！别再胡闹啦！”

“可是，已经在这么高的顶儿上了，还能不下去吗？”他倒是振振有词。

亚雷克把缰绳一松，车子再次向前飞去。

“亲爱的，要是害怕，就再搂住我的腰吧。”

“我不！”苔丝坚定地说。

“你要是让我吻一下你那樱桃小嘴儿，或是让我亲一下你那张红红的小脸蛋儿，我就叫车停下来，我说话绝对算数！”

把亚雷克说成是猛兽，表现了亚雷克的凶恶，同时也表现出苔丝的警觉。【比喻修辞】

苔丝瞪大眼睛，像看猛兽一样看着他，急忙往后缩，亚雷克见状又打马狂奔，车摇晃得更加猛烈了。

“别那样，行吗？”她绝望地喊道，一双大眼睛瞪着他，像是一只受惊的小兔儿。

“不行！”他非常冷酷。

“好吧，好吧，我不管啦！”她满脸通红，因为惊吓，更因为气愤。

他放慢了马车，刚一转身想要有亲昵的举动，苔丝便本能地往旁边一躲。

“嗨，他妈的，你还要不要命了？”这位车夫大声骂道。

“好吧，我不动了！还说是我的本家呢，就知道欺负我，如果我早知道，就不来了。”一颗豆大的泪珠从她的脸上滚落下来，她竭力忍住自己的哭声。

亚雷克丝毫没有动容，强吻了苔丝。他刚亲完，苔丝就害羞得掏出手绢，在脸上擦了一下。而这一幕，恰好被亚雷克看个正着。

拿手绢往脸上擦，只是出于苔丝的本能，而这对于亚雷克来说却是一个大大的羞辱。

没过多久，前方又出现了一个山坡。

“我得让你为刚才的行为后悔！”他的口气里显然带着余恨，“除非你同意让我再亲一下，并且不擦。”他边说边挥舞着鞭子。

“好吧，先生！”苔丝叹了口气。

“哎哟，我的帽子！”

一阵风将她的帽子吹到了路面上，亚雷克停住马车，正要去捡，可苔丝却趁着这个空档迫不及待地跳下了车。

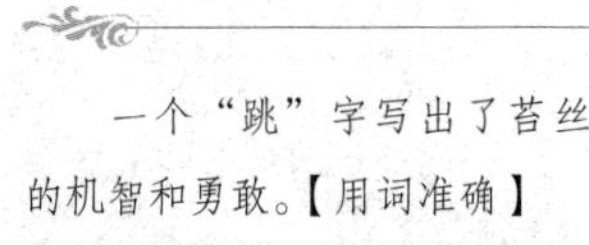

一个“跳”字写出了苔丝的机智和勇敢。【用词准确】

“我不上去了，先生。”她捡起帽子，拿在手里说。

“你说什么？那你怎么走？”

“我可以步行。”

“可还有很远呢。”

“再远我也不在乎。”

“你这个诡计多端的丫头片子！快说，你是不是成心让帽子吹掉的？”

她故意不回答，证实他猜中了。

亚雷克不禁咒骂起来，许多不堪入耳的话都从他的嘴里蹦出来。

“你真粗鲁！我一点儿都不喜欢你！我讨厌你！我要回家，我不去啦！”苔丝也动了气，像小孩子一样鼓着腮帮子。

孩子似的话语，表现了苔丝的直率、天真和单纯，也写出了苔丝的可爱。【语言描写】

见到她发脾气的模样甚是可爱，亚雷克不禁哈哈大笑起来。

“你生气的模样真招人喜欢。好了，我们不闹了，我也不逼你了。来！上车吧！”

苔丝仍旧没有上车，她满腹心事地向前走着，亚雷克驾车跟在她的身后。她一直在思考是否该掉头回家，后来她自己摇了摇头，否定了这个想法，如果就这样回去，未免太孩子气了，太对不起父母了，她决定还是去养鸡场。

苔丝的这份新差事，是去照顾喂养一大群公鸡和母鸡。

养鸡场的主人德伯太太是一个白发苍苍的女人，她已经年近六十，是一个瞎子，她非常喜欢鸡，尽管她的宅第装饰华贵、富丽堂皇，但是，房前羽毛飞舞，草地上到处摆着鸡笼。每天她都要坐在一楼起居室里的一把扶手椅上，把鸡一只一只地放到膝上摸过一遍。在检查鸡的时候，她的面部表情多变，完全不像真正的瞎子，她总是能轻易地分辨出每一只鸡，并且能够非常清晰地指出哪只鸡的羽毛有异样，以及哪只鸡吃的是什么，是否吃得太多或是太少。

来到养鸡场的第一天，德伯太太见了苔丝。像往常一样看过鸡后，古怪的太太突然向苔丝问道："你会打口哨吗？"苔丝和大部分乡下姑娘一样，会打很好的口哨，于是温顺地承认了。

"那么你每天早晨吹一回。从前这儿有一个小伙子，口哨吹得可好啦，不过他已经离开了。以后，我要你像他一样，也对着我的宝贝儿们吹，让它们跟着你学，已经好几天都没人管它们了。"

"太太，今儿一大早德伯先生还对鸟儿打了口哨呢。"女佣伊丽莎白说道。

"他呀！呸！"

老太太显出一副很厌恶的样子，没再答话。

简单的三个字，写出了亚雷克母子之间的感情不是很好。【语言描写】

德伯老太太并不知道苔丝之前来认亲的事，亚雷克跟她只字未提。对于德伯太太的行为举止，苔丝也没觉得怎么奇怪，她只是从老太太的表情中，猜想这位瞎老太太和儿子之间的感情并不是很好。但是她却不了解“可怜天下父母心”，德伯老太太也只是对自己的儿子恨铁不成钢而已。

第二天早上，阳光明媚，苔丝怀着对新生活的向往，开始练习起打口哨儿来。她郑重其事地将嘴唇撮起，却发现她从前的本领已经有所退化，吹不出清晰的音调了。正在这时，亚雷克出现了，他答应教苔丝怎样吹口哨。一遍，两遍……在他的带领下，苔丝终于成功了，一个圆润的声音从她的嘴中发出，她高兴极了，对亚雷克不禁莞尔一笑……

> “新生活的向往”“郑重其事”暗示了苔丝对生活的美好期待和对自己工作的认真负责。【意蕴深刻】

苔丝就这样在这里住了下来，按照德伯太太的要求，每天她都会对着鸡打口哨。而亚雷克·德伯则处心积虑地与苔丝接近，想方设法地讨好她。时间久了，苔丝便渐渐放松了警惕，与他熟悉了起来，但是，她却始终没有产生别的情感，只是，由于不得已寄身在他母亲的篱下，而在一定程度上对他有所顺从罢了。

·品读与欣赏·

在本章中，作者细致描述了苔丝的“认亲”经过，以及苔丝所面临的境况遭遇，作者从多个方面暗示了苔丝即将面临命运的转折，同时通过对人物的动作和语言的描写，表现出了苔丝的天真、直率和单纯，从而更加反衬出亚雷克的粗鄙的外在和丑陋的灵魂，全章情节跌宕起伏，引起了读者浓厚的阅读兴趣。

·学习与借鉴·

1.语言描写：苔丝的语言透露出小心谨慎，如：“也没什么事儿，只是——哎呀——”而亚雷克的语言则带有粗鄙、下流的习气，如：“啃，大美人儿，你上这儿来有什么事儿啊？”

2.心理描写：苔丝在整个认亲过程中，心理几番变化，由迟疑到妥协再到对新生活的向往，展现出苔丝软弱与坚强并存的性格特征。

第四章　失去清白

九月里的一个傍晚，苔丝和其他伙伴一起到小集镇切斯堡游玩。直到十一点一刻，他们才陆续地踏上了通往家乡的山道。游玩的时候，这些伙伴们喝多了酒，因此在途中，嬉笑打骂不断，最后，一个有着黑桃王后之称的醉妇卡尔·达齐竟然毫无缘由地辱骂刁难起苔丝来，苔丝夹在一群醉鬼之中，又羞又恼。

正在这时，亚雷克·德伯骑着大马在拐角处出现了，他跟随苔丝等人已经有一段路程了，自然也知道究竟发生了何事。他向苔丝俯下身子："上来，我带你走，转眼间，我们就能把这群醉鬼甩远！"

如果是在平时，苔丝绝不会上马，但刚才情势的危急，对她的刺激太强烈了，她差一点儿没晕过去，现在只要她的脚一跳，尴尬和愤怒就会被她甩开，所以她什么都没想，直接就跳了上去。

苔丝一路上抱着亚雷克，心情难以平复。不过对于亚雷克，她也难以完全没有忌惮，她请求把马儿放慢一些，亚雷克照办了。

"真痛快，是不是，亲爱的苔丝？"他过了一会儿说。

"嗯，是啊！"她说，"我真应该好好谢谢你。"

"你真的感激我吗？"

她没回答。

“苔丝，为什么我吻你，你总是不愿意呢？”

“我想那是——因为我不爱你吧。”

“真是这样吗？”

“嗯，有的时侯我还会生你的气呢！”

“啊，别，别，我最害怕的就是你生气。”虽然如此，亚雷克听了苔丝的这番自白，并没太在意。他知道，不管怎样，都比苔丝倔强起来好。“不是每次和你在一起，你都生气吧？”

“有几次。”

“多少次？”

“你自己知道的。”

“哈，我每次一和你亲近，就会惹你生气，是不是？”

苔丝不再说话，马渐渐地走了很远，走到后来，一片迷蒙的雾气把他们紧紧包围了起来。这片雾气本来是弥漫在山谷里的，现在散布得到处都是，仿佛把月光也遮住了。不知是出于这个原因，还是由于心不在焉，或是累了一天，苔丝睡意变浓，她没有发现他们早已过了通往特兰岭的岔道口，而亚雷克并没有带她走上回家的道路。

亚雷克勒住马，在马背上侧过身子，搂住昏昏欲睡的苔丝。

她立刻惊醒过来，把他从自己身边推开。亚雷克没加防范，差点儿失去平衡，从马上掉下去。

“你怎么不识好歹！我只是看到你有些迷糊，怕你摔下去。”

她非常窘迫，烦躁不安地扭动身体，凝望远方，“请你原谅，我只是——哎呀，我们这是到哪儿了啊？”这时，她才发现他们早就偏离了原来的大道，行进在一条偏僻的小路上。

“我们这是在哪儿啊？”她又一次大声问道。

“我们正走在树林里。”

“怎么会有树林？我怎么不记得来时走过这儿？”

“这个狩猎林是英国最古老的一片树林——我只是觉得夜色很美，想多骑一会儿罢了，这样不好吗？”

“你太胡闹了啊！”苔丝惊愕地说道，开始挣扎着要从马上下来，“看样子我还真没错怪你！我要下去，我自己走回去！”

“傻丫头，时间这么晚，路程又这么远，你根本走不回去呀。不要说回家了，就连这片林子，恐怕几个钟头你也走不出去！”

“这个不用你管。”她执拗地说，“放我下马，我不管这是什么地方，总之我要下去！”

“你啊，真拿你没办法，这样吧，是我把你带到这儿的，不管怎样，反正我觉得把你安全地送回家是我义不容辞的责任。现在，你抬头看看，这大雾越来越浓，连我自己都分辨不清方向，更何况是你！听话，你先在这匹马旁等我，我去探探路，回来再让你走，到时，是骑马还是步行，都随你！”

她用沉默表示同意了这个方法，他们相继下马。

“我是不是得牵着马儿啊？”苔丝问道。

“不用。”他把马牵到灌木丛中，拴在一棵树上，又在堆积得厚厚的干树叶子中间，给苔丝铺了个窝儿。

“你坐在这儿就行，马你不用管，跑不掉。”他顿了顿，又说，“对了，告诉你一件事儿，今天别人给你父亲送了一匹新马。”

“别人？是你吧？”

德伯透过雾色，看着她，点了点头。

“啊，你真好！”她勉强地说道。

“我还给孩子们买了一些玩具。”

“啊？你也给了他们东西？我——宁愿你什么也没送！”她嘟囔着，有些不知所措的样子。

“为什么？”

“这样，我会觉得欠你很多。”

“难道你不会因此而有点儿爱我吗？”

“对你，我真的很感激，但恐怕我还是不……”意识到他所做的一切都是因为她，这使她很难受，一颗泪珠禁不住慢慢滚落，接着又是一颗，一颗接着一颗……

“别哭，别哭！你坐在这儿，我一会儿就回来。”苔丝没有反抗，坐到亚雷克堆的树叶上，用手蒙住脸，哭泣仍然止不住。

月亮已经掩去了它的光芒，现在是黎明之前最黑暗的时刻，整个狩猎林浓雾弥漫，伸手不见五指。

“苔丝！”亚雷克探完地形后回到原地。

附近依旧一片黑暗，除了脚边那一片朦胧的灰白云雾外，亚雷克几乎什么也看不清，什么也听不清，而那片灰白云雾就是身穿白纱裙的苔丝的美丽身影。亚雷克跪下身子，听到了苔丝轻柔均匀的呼吸声，她正在酣然沉睡，睫毛上挂着泪珠儿，她呼出的气息吹到他的脸上，暖暖的。他凝视了一阵儿，最后俯身上去……

黑暗统治了一切。在这个原始树林里，鸟儿正安详地打着盹儿，猫头鹰睁着眼睛静静地看着周围的一切，不时地发出几声叫唤，野兔们偷偷地在林中蹿来蹿去……可是，又有谁能保护美丽的苔丝呢？天使哪儿去了？上帝又到哪里去了？……

善良的苔丝，如同白雪一般纯洁，如同天使一样美丽，却偏偏遭此厄运，实在令人痛心。从此，我们的女主人公，再也不是以前那个单纯的少女，她的人生已经发生了巨大的变化。

几个礼拜后，苔丝选择离开特兰岭。这段生活使她深深明白，有美丽的鸟儿欢唱的地方，也都隐藏着残忍的毒蛇。拖着沉重的包袱，苔丝望向前面的山谷，难过得不能自已。

一辆双轮马车从后面追了上来，是亚雷克！

“你怎么跑啦？之前也不打声招呼？我一发现便赶快驾车追过来。干吗偷着跑啊？谁也不会拦着你。再说，拿着这么重的东西多累啊，我送你一程吧。当然，你要是能跟我回特兰岭去，那是最好不过了。”亚雷克上气不接下气地说。

“我不回去。”她面无表情。

“唉！我猜你也不会回去了，那么好吧，把东西给我，上车。”

她机械地把包袱放到车上，自己也上了车。他们继续前行，为了打破彼此间的尴尬，亚雷克谈论起了路边的景物，苔丝一声不吭。

也许亚雷克已经忘记了，就在几个月前，也是在这条路上，他无赖地对待苔丝。那时的苔丝，是那样的害怕，无助——可现在，她已经不怕他了，这也正是她的伤心所在。她像个没有灵魂的木偶，坐在车上，面无表情，亚雷克问她话时，也只是"哦""啊"地简单应付。但当她看见一片茂密的树丛，而那身后就是她的家时，却再也禁不住潸然泪下。

"哎，你怎么哭了啊？"

"我——只是在想，那儿是我出生的地方。"苔丝抹了一把眼泪。

"嗨，这有什么可哭的啊。"他一脸不解。

"可我宁愿没有出生，不管是在哪儿，都不要出生，不要这样活着！"

"嗬，那哪儿由得了你？当初你还不愿意去我家呢，最后不是也去了吗？"

她的泪水流得更凶了。

"你在我家这么久，从来就没爱上过我吗？"

她转过头，眼睛里充满了仇恨。"是的，如果我什么时候爱过你，如果我现在还爱着你，我就不会这样了，我现在真恨不得杀了你！"

"女人都喜欢这么说。"他耸了下肩膀，不以为然。

苔丝死死地盯着他，嘴唇颤抖，气得说不出话来。

"好啦，"他笑着说，"对不起，我伤害你了。是我不对，我道歉。"突然他又变得一副很激愤的样子，"不过，你也不给我机会啊，你完全可以不用再到养鸡场里去干活，完全可以穿得体体面面的，我养得起你。”

苔丝露出鄙夷的神情，冷笑了两声。“哼，你把我当成什么了？你的玩物？”

“瞧你那样儿，你还真以为你是名门望族，是公主啊！好啦，我亲爱的苔丝，我什么也不说啦，在你面前，我就是个坏人，一个心眼儿坏透了的人。但是，以后我不对你坏了，我发誓。如果你以后有什么困难，我能效劳的，就告诉我，我一定会帮你。最近我可能不在特兰岭，要到伦敦去，我实在忍受不了家里的那个瞎老婆子，不过你可以给我写信，我会回来的。”

他顿了顿，接着说：“苔丝，实话告诉你，其实你根本用不着那么伤心。就凭你的美貌，什么大家闺秀、小家碧玉，谁也比不上你，所以你要是聪明的话，就别等到容颜老去，要好好把握青春！”看苔丝又射过来一道鄙视的目光，他住了嘴，小声说道，“好啦，苔丝，我再最后问你一遍，你还能跟我回去吗？我是真的不想就这样让你离开。”

“不，绝不可能！”

“哎！那再见吧，我的本家妹妹，漂亮的妹妹！”

亚雷克目送苔丝跳下车，慢吞吞地走在弯弯曲曲的路上。太阳从山后慢慢露出了头，那忽隐忽现的光线，一点点地落在苔丝的头上，伴着她向家中走去……

·品读与欣赏·

在这个章节里，作者写出了苔丝一生命运的转折——亚雷克趁着苔丝醉酒之时乘虚而入，玷污了苔丝的清白。作者特别抓住了当时的环境进行描写，狩猎林里漆黑一片、浓雾弥漫，渲染出悲凉的气氛，让读者也不由自主地对亚雷克的行径感到愤慨。同时作者也通过简短的语言，写出了苔丝的倔强与愤怒。

·学习与借鉴·

1.环境描写："一片迷蒙的雾气把他们紧紧包围了起来。这片雾气本来是弥漫在山谷里的，现在散布得到处都是，仿佛把月光也遮住了。"林子中的浓雾渲染出悲凉的气氛，同时也暗示出美丽的苔丝即将遭遇厄运。

2.比喻修辞："善良的苔丝，如同白雪一般纯洁，如同天使一样美丽。"作者将苔丝比喻成"白雪""天使"，突显了她的单纯美好。

第五章　天堂与地狱

父母对苔丝没有过多的责怪，因为苔丝已经把自己折磨得不成样子了。

在回到家乡的好长一段时间里，苔丝连教堂都不敢上，她怕别人将她的事情拿来议论，她怕见到别人鄙夷的眼神和幸灾乐祸的表情。她每天就在家中那不大的茅顶下面，仰望太阳的东升西落，月亮的阴晴圆缺。偶尔她也会出门，但那也只是在夜幕低垂的时候，跑到树林里，躲开人群，躲开冷酷的世界，去品味心灵的片刻自由，也只有在这种时候，她的痛苦才能下降到最低的程度。

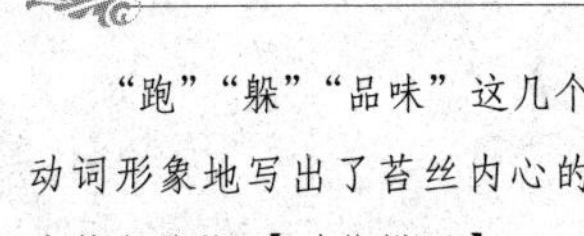

“跑”“躲”“品味”这几个动词形象地写出了苔丝内心的痛苦和煎熬。【动作描写】

她总是在想别人会用什么样的激烈言语在背后议论她，怎样斜眼窥视她家的茅屋，发出种种冷笑的声音，其实她的这种想法，完全来自于虚构的幻想。她的存在、她的经历、她的感觉，除了她自己，不为任何人所拥有。对其他人来说，苔丝只不过是一时的谈资，时间久了，就变成了一个转瞬即逝的念头，再久远些，连这样的念头都没有了。因为——她如此深居简出，到后来人们几乎都认为她已经离开了家。

苔丝生下一个孩子，做了母亲。

孩子的出世在某种程度上改变了她。长时间的各种悔恨与耻辱折磨着她那颗敏感的心，现在，她却突然想通了。她觉得自己可以再次成为有用的人，再一次做到独立自主，不管付出什么样的代价，过去的已经过去了，一切还要向前看，更何况，她还有孩子！

农忙时节，她把自己打扮得整齐干净，到地里去收庄稼。思想转变之后，苔丝又开始自尊自信了，有的时候，即使怀里抱着孩子，她也不那么怕见到别人了。

简单重复的劳动让苔丝每天都和大家一起干到黄昏时分，然后大家都坐到一辆大马车上一起回家。在月色的掩映下，人们唱着歌曲，唱出了对生活的热爱，也唱出了对苔丝的同情以及重生的喜悦……

但是，在苔丝刚刚从道德上的纠结中解脱出来时，一个新的痛苦又随之而来——孩子病了。

“从道德的纠结中解脱出来”紧承上文“又开始自尊自信”，“一个新的痛苦”又开启了下文的内容。【过渡自然】

从宗教的角度来说，婴儿出生后身上带有罪孽，必须接受洗礼，才能洗去罪恶的标志。如果小孩没有接受洗礼就死去了，那么他就永远也上不了天堂，只能呆在地狱里承受无尽的苦难。

苔丝年少生子，痛苦与耻辱已经让她忘记了这一点，或是说还未曾想到这一点，她一直只想着怎样才能保护好自己孩子的性命，至于洗礼的事情，从来没有人提醒过她。然而，很快她就发现，她的孩子已经病入膏肓，无法医治痊愈，也就是说他马上就要进入天堂了——天堂？这时她才猛然醒悟，她的孩子还没有接受洗礼呢！这一发现让她陷入了极度的痛苦中，因为她所痛苦的不仅仅是孩子的死亡，还有更重要的一点，那就是孩子究竟是上天堂还是下地狱？

在失去清白又未婚生子之后，苔丝从未奢望自己死后可以上天堂，她甚至总是在想，下了地狱之后，那些小鬼们会是什么模样？但是，现在同样的问题涉及她的孩子，她便无比焦灼，坐立不安了，她的孩子就要死了，她必须在那之前为孩子洗礼，拯救他的灵魂，使她的宝贝死后能升入天堂。

“焦灼”“坐立不安”写出了一位母亲的忧虑和担心，同时为下文中苔丝为孩子洗礼的情节埋下伏笔。【埋下伏笔】

此时的马勒村已经完全进入睡眠中，苔丝连衣服都没披上便冲到楼下打算去请牧师，在家门口，她迎面撞上了酒醉归来的父亲。虽然在苔丝回来的这些日子里，父母亲并未曾真心责备过她，但此时借着酒劲儿，父亲还是忍不住向她发起了牢骚，将苔丝未婚生子的事翻了出来，说起个没完。当他知道苔丝要出门请牧师的时候，更是来了劲头，不分青红皂白地数落起来：“都说家丑不可外扬，遮羞还遮不过来呢，你竟然还要请牧师？从现在开始谁也不准进入我的家门，干涉我家的事情，你不嫌丢人我还嫌丢人呢！”并一把将门锁了起来，拿走了钥匙。

苔丝尽管痛苦万分，却没有任何办法。她回到房间，躺在床上，翻来覆去睡不着，她将脸贴到孩子的脸上，就这样瞪着眼睛看着黑暗的房间，其实她的双眼根本就没有焦距。半夜的时候，孩子的病情更重了，只剩下出气儿，没有入气儿的份了，停止呼吸也只是刹那间的事。

苔丝心里难受极了，各种想法和猜测从她的脑海里蹦了出来。这个孩子既没有受洗礼，又是名不正言不顺的私生子，两罪叠加，一定会被扔到地狱底层的某个角落，饱受煎熬。想着想着，她仿佛看到了一个可怕的魔鬼，手里拿着把叉子，把她那可怜的孩子叉来叉去，她仿佛还看到了一团烈火，她的孩子在里面挣扎着喊妈妈……想着想着，她甚至觉得那些阴森恐怖的情形就活灵活现地出现在这个寂静的房间里。她吓得一身冷汗，清晰地听到自己心脏跳动的声音，“嘭——嘭——嘭”，她的睡衣湿透了。

心脏的跳动，湿透的睡衣，这些细节形象地写出了苔丝内心的恐惧。【细节描写】

孩子的脸憋得通红，呼吸越来越艰难。她颤抖着双唇吻遍了孩子的全身，最后她也受不了了，在房间里像疯了一样地转来转去。

“我的主啊，请可怜可怜我的孩子吧！请将所有的罪都加到我的身上来吧，我心甘情愿受罚，只求你，求求你，可怜可怜这个孩子吧！”她不停地乞求着，靠在柜上，语无伦次。突然，她跳了起来。

“牧师能拯救孩子，我也可以！”她的眼睛在一片昏暗中闪闪发光。

她神情亢奋，将睡在这间屋子里的弟弟妹妹们都唤醒了，她自己从洗脸盆后面的大水壶里倒出一些清水，并叫那些孩子们围跪在地上，每个人都要把手掌合起来。这些孩子们还都处在半梦半醒之间，睡眼朦胧地听从着姐姐的摆布，一双双眼睛盯着庄严肃穆的姐姐。苔丝从床上抱起那个小小的婴儿，笔直地站在脸盆旁边，妹妹埃丽莎·露易莎翻开祈祷书，放在苔丝面前，苔丝就这样开始给自己的孩子进行洗礼。

一袭白色长裙，一条又黑又粗的发辫，一张苍白瘦弱的脸蛋儿，苔丝静静地站在那儿，一脸肃穆。微弱的烛光暗淡柔和，遮掩了她眼中的倦容以及胳膊上那一条条被麦茬划破的痕迹。高度的虔诚使她的面孔愈发地纯洁无瑕，并且显现出好似王后一般的尊严。弟弟妹妹们跪在四周，一个个眼睛红红的、一眨一眨地看着姐姐为自己的孩子洗礼。

"姐姐，你真的给他洗礼吗？"

"是的！"她满眼坚定。

"那么一会儿你叫他什么名字呢？"

苔丝抿嘴想了想，《创世纪》中的一个词语"苦恼"出现在她的脑海中，于是她念道："苦恼，我现在以圣父、圣子及圣灵的名义，给你洗礼。"

她洒起水来，屋里一片安静。

她低头对弟弟妹妹们说："你们一起说'阿门！'"

"阿门！"

苔丝接着念道："我们接受这孩子……"

“蘸”“画”“说”，这些动作表现出了苔丝的庄重和虔诚。【动作描写】

她将手在水盆里蘸了蘸，对着孩子画了一个很大的十字，接着又说了一些要孩子坚强、勇敢、善良等洗礼时常用的句子。接着她虔诚地念起了主祷文，孩子们也都咿咿呀呀地跟着她念，念到最后一句时，他们就像教堂里的助手一样，提高了嗓门，在静悄悄的屋子里，齐声喊出了“阿门！”

随着洗礼仪式的进展，他们的姐姐越来越坚信这一圣礼的功效，从心灵深处颂起感恩祷文来，她念的时候神采奕奕、声音琅琅，仿佛风琴一样清脆动听。虔诚使她脸上光辉四射，腮上也生出了两朵红晕，甚至连映在她眼中的微弱的烛光，也如同宝石一般闪耀。孩子们越来越恭敬地看着她，在他们的眼里，她已经不再是他们的姐姐了，而是一位高高在上的天神，伟大、威严、令人敬仰。

……洗礼结束了，这个可怜的孩子咽下了最后一口气。对此，苔丝显得非常平静，自从为这个孩子施过洗礼之后，她的内心便安稳了许多，她甚至觉得自己在夜间对于小孩死后灵魂的种种恐怖猜测有些过分。不管怎样，现在的她已经恢复了平静，因为她觉得如果上帝对这种非正式的洗礼仪式不认可，并且不允许孩子的灵魂升入天堂的话，那么，这种天堂无论是对于她还是孩子，都不值得稀罕的。

同一天的晚上，苔丝将孩子装进一个小小的松木箱子里，上面盖上了一块儿女人用过的旧围巾，送到了教堂的墓地。大家点着灯笼，把婴儿埋在墓地的破乱角落里。那里荆棘密布，埋葬的都是一些劣迹斑斑的酒鬼、自尽而亡的懦夫以及那些所谓不能上天堂的人们。苔丝不再去想这些，她自己用两根木板条做了一个十字架，并装饰上鲜花，立在孩子的坟头上，又找了一个小瓶子，灌上清水，也插上同样的鲜花。尽管瓶子外面还写着"基维尔果酱"的字样，可是，这又有什么关系呢？在慈爱的母亲眼里，是看不到这些杂质的，她的孩子已经升上了天堂。

孩子死后的整个冬天，她都呆在家里，拔鸡毛或是把亚雷克送给她的美丽服饰——那些她是不屑穿的，给她的弟弟妹妹们改成了小衣裳。至于说写信求他，她是断然不肯的。她经常以哲学家般的冷静思维，去审视那些曾经的日子：有她自己在特兰岭留下终身遗恨的惨痛的一夜；有她的婴儿出生的那一天和死去的那一天；还有她自己出世的那一天；甚至还有其他因为发生过与她有关的事情，而成为不同寻常的那些日日夜夜……就连死亡的日子，她也想到了。

"哲学家的冷静思维"与上文中苔丝的天真和单纯形成了鲜明的对比，也表现出她的经历让她变得成熟。【对比手法】

苔丝就这样从一个头脑简单的女孩，一跃而变为思想复杂的妇女了。她的脸上常挂着沉思的表情，语言里也经常流露出凄楚伤感的味道。她的眼睛开始越发明亮，越发有着动人的力量。她长成了一个更为标志的美人儿，漂亮精致、惹人注目；她的灵魂一直纯洁坚贞，虽然近一两年来，她经历了常人所想象不到的可怕遭遇，但她始终没有被压垮。

苔丝心里很明白，在马勒村里，她是永远不会真正过好的，因为这儿的人亲眼见过她家企图与有钱的德伯一家扯上关系，亲眼见过这种企图最后归于失败。虽然人们不再总是谈论，但对于她自己而言，至少要到多年以后，等到她完全忘却这件事情之后，她在这里才会感到轻松，因而她决定离开这里。

· 品读与欣赏 ·

失去清白的苔丝一下子从人间掉进了地狱，她的生活从此发生了天翻地覆的变化。原来那个天真、单纯的小姑娘一夜之间变得成熟起来，开始冷静地思考问题，尤其是生下自己的孩子后，苔丝和其他的普通母亲一样，爱着自己的孩子。当孩子面临死亡之时，她自己给孩子虔诚地洗礼，场面十分感人。此外作者也通过运用动作描写、比喻修辞等手法让我们看到了苔丝散发出的母性的光辉。

· 学习与借鉴 ·

1.语言简练："苔丝生下一个孩子，做了母亲。"看似简单的一句话，却将苔丝痛苦的人生经历一语言尽，起到了言简意赅的效果。

2.场面描写：文中对"苔丝为孩子洗礼"这一场面进行了细致的描写，使得正在承受苦难的苔丝，形象越发圣洁起来，同时也表现了一个母亲对孩子深沉细腻的爱。

第六章　新的开始

又是一年春光明媚，万物萌芽，苔丝母亲的一个老朋友给她寄来了一封信，说是位于南部富润谷的一个牛奶场需要一个手脚灵巧的挤奶女工，苔丝可以去碰碰运气。

苔丝欣然答应了。在一个草香扑鼻、露水清新的早晨，她第二次踏上了离开家乡的路途。她在艾格敦荒原上一步一步向前走，带着对新生活的向往，朝着她的目的地——牛奶场直奔过去……

这是一个很大的牛奶场，巧合的是，它还紧靠着苔丝父母一直引以为傲的老祖宗的坟地。曾几何时，这个家族繁荣昌盛、不可一世，然而数百年之后，不仅是整个家族如同巴比伦一样倾倒了，就连她这个卑微的后裔也悄无声息地失去了个人的贞洁。原来的苔丝对家族的历史很不以为然，她一直觉得人应该活在当下，历史根本说明不了什么。然而当她越是靠近这片土地时，她越是涌起了一股冲动，她觉得这片土地给了她一种安定的力量，祖辈们似乎一直在她的身边，保护她、鼓励她、帮助她。于是，她对生活的热情，在经过暂时的压抑之后，又重新澎湃起来，对于未来她又充满希望了。

老板克里克拥有上百头奶牛，挤奶工人中不只有女人，还有男人。通常，难挤的牛归男人，比较温和一些的牛给女人，而其中七八头最难挤的牛则是由老板亲自动手。老板是一个性格温和而又大大咧咧的人，他完全不像其他农场主那般苛刻、霸道，他经常是一副工人打扮，混在挤奶的大军中。对于那七八头难缠的牛，老板轻易不交给其他男工挤，因为怕他们粗心大意；当然他也不愿意把它们交给女工，因为怕她们手上没劲儿。

开工了，整个牛奶场全都是牛奶哗啦哗啦地流向奶桶的声音，中间偶尔还夹杂着一两声吆喝，那是叫牛转身或站稳的意思。苔丝坐在牛的身旁，一双纤长细嫩的手忽上忽下，在她的身后，平坦的草场一直延伸到山谷两旁，草场上到处都是郁郁葱葱的小草，五颜六色的花也不少，再加上数百头红牛、白牛，就如同一幅美丽的风景画美不胜收。

“我怎么觉得今儿的牛奶出得不如以往多了。”老板从一头牛前站了起来，一手抓着三脚凳，一手提着奶桶，向旁边另一头难缠的奶牛走去。

“可能和苔丝·德北来咱们牛奶场有关吧，奶牛比较怕生人。”乔纳森·凯尔说。

“嗯，别说，还真有可能。”

“那牛奶都跑到哪里去了，难道是钻进牛角尖里了？呵呵。”一个女工打趣着说。

“是不是跑到牛角尖里，我可不知道。但姑娘小伙儿们，我们把动听的歌儿唱起来，让牛奶随着歌声哗啦哗啦地流吧！”老板拍着手说。

养牛的人都知道，奶牛也喜欢音乐，每当奶牛出奶不好的时候，一唱起歌儿来，牛奶就能被引诱出来。所以，这帮挤奶工人听老板这么一说，便争相张嘴唱了起来。歌声虽然不够优美，唱歌的人也不够专业，但由于声音很齐，却也有着一种鼓舞人心的力量。歌声悠扬，奶牛在歌声的伴奏下，牛奶出得更快了。

唱了一会儿工夫，一个男工在牛身旁说："累死我了，弯着腰唱歌还真是费劲啊！先生，你可以弹竖琴啊，不过最好还是拉小提琴。”

“为什么？”一个声音从一头黄牛肚子底下传出来，说话的人坐在牛的后面，声音浑厚动听。

“哦，不错，没有能比得上小提琴的。”老板插话说，“不过以我多年的养牛经验来说，我觉得犍牛比奶牛更容易受到音乐的感染。关于这个，还有一个生动的小故事呢。我认识一个老头，他叫威廉·杜威，他很喜欢拉小提琴，有一天晚上回家，他想借着月色抄近路，就横穿了一块儿田地。当时，田地里正好有一头犍牛，它一见有生人闯入，就立马竖起两只角来，朝威廉冲去。当时可把威廉给吓坏了，拼命地跑呀跑呀，想穿过前面的篱栅，可还没跑到那边的时候犍牛就要追上他了，突然间他低头看到了身上的小提琴，就边跑边取下，转身对着犍牛，一边退一边拉起了一首舒缓的曲子。犍牛顿时温和多了，静静地站着，脸上好像还露出了笑容。

可是，只要小提琴一停，这头犍牛便立刻收住笑容、竖起牛角，又要往前冲。为了防止犍牛伤害自己，威廉只好不停地拉着小提琴，一直拉了两个钟头，后来他又突然想起在一个圣诞节前夜，他曾看到牛成群地跪在地上。于是他就顺手拉起了《耶稣降诞颂》，结果哩，这头牛真的慢慢跪了下来，还以为这一天真的是耶稣降生的日子呢。威廉趁着这个空档，猛然转过身子，幸运地逃过一劫。”

“这故事真有趣，好像把我们带回到了中古时代，那时候，连牛都知道耶稣，信仰还是件鲜活的东西。”

浑厚动听的声音再次从黄牛后面飘出，这见解真是新颖独到而又充满哲理。

“怎么，先生，你不相信吗？我讲的可都是真的，我和那个人还很熟悉呢。”老板解释道。

“我完全相信。”黄牛后面的人说。

连老板都称他为“先生”，苔丝觉得很奇怪，不免对黄牛后面的人多留意了几分，他一直待在那牛肚子下面，头紧贴在牛身上，花了别人差不多能挤三头奶牛的工夫，却一头都没有挤完。他不时地嘟囔两句，好像很焦躁的样子。苔丝探了探头，却仍然看不清他的模样。

“干这个得使窍门，用蛮力可不行。轻一点儿，对，再轻一点儿。”老板在一旁指导。

“嗯，我也发现是这样，唉，可算挤完了，我的手指头都痛了。”他终于站了起来，抻了抻手臂。

苔丝发现她竟然见过这个人——他系着白围裙，扎着护腿，靴子上沾满了烂泥破草，虽然一副普通男工的打扮，但一双眼睛却明亮有神，举手投足间透露出一股绅士的气息。他那嗓音颇有磁性；他那眼神，勾人魂魄；他那张嘴，虽小却很有型；他的下唇经常紧闭，让人感受到了他的果断。苔丝在脑海中一阵搜索，终于记起他就是那个参加过家乡舞会的过路青年，曾几何时，她还暗暗地有些心动。

过去的一切是多么美好啊！突然，她惊慌起来，她想起了自己的悲惨遭遇，那个可恨的亚雷克，还有她那可怜的孩子，不！不！她不能让他认出自己，她现在早已不是原来的那个她了，她不能让别人知道自己那一段不堪的历史，于是，她将脸转了过去。

过了一会儿，她发现自己的这种担忧其实是多余的，他压根儿没认出自己来，于是，她长长地呼出了一口气。新的生活，仍旧可以继续……

很多人下班就回家了，苔丝和其他三个女工在牛奶场住，她们的寝室就在牛奶场上面，房间很大。从姑娘们的口中，苔丝得知那个男青年名叫安琪·克莱尔，竖琴弹得很好，是一个牧师的儿子，来这儿是想拜老板为师，学习从事畜牧业方面的技艺。他有两个哥哥，都子承父业，做了牧师，他本来也能像两个哥哥那样，上完剑桥大学之后就去当牧师，但是，他不愿意过那样的生活，因此放弃了大学，打算学点儿技能，以便以后经营农业。三个兄弟之中，属他最聪明，当他还是个小孩儿的时候，人们就都说他这个人无论做什么都会成功。

安琪·克莱尔也在牛奶场吃住。他住在宽敞的顶楼上，那里非常大，他用帷幔将屋子分隔开，里面睡觉，外面看书、弹琴。他经常待在楼上看书、看杂志，或是弹一弹他的旧竖琴。晚上，别人都进入梦乡了，还常常能够听到他在那儿慢慢踱步。

即使是吃饭的时候，他也会拿着一本书，心里面想着书中的内容或是他的新乐谱。因此，苔丝来到这儿很多天，安琪都没有注意到饭桌上多了个新人，苔丝也很少说话，通常她都是微笑着听着别的女工海阔天空地闲聊。

有一天，他正在琢磨一段乐谱，并且在脑子里想象着倾听这段乐曲时，一个像笛子一般清脆的声音混进了他的乐曲中，安琪掉过头看见了苔丝，“这是个新来的人吧！”他心里想。

“我不知道这个世上是否存在着鬼，但是我知道，人活着的时候，就可以让灵魂远离肉体。”苔丝认真地说。

老板嘴里含着食物，瞪大眼睛看着她，他的一副刀叉直竖在桌子上，像个绞架。

“什么？真的吗？怎么会呢？”他问道。

“其实挺容易的，”苔丝接着说，“天黑的时候躺在草地上，目不转睛地盯着天上一颗又大又亮的星星，心里不要想别的，你很快就能感觉到灵魂已经远离自己的肉体，飞到千万英里之外了。”

老板将目光移向他的太太：“克里斯蒂娜，你奇怪不？我这三十年来做买卖，披星戴月不知走过多少黑路，却从来也没想到，会有灵魂出窍这种事，而且我也从来没觉到我的魂儿离开过我，一次都没有。”

饭桌上所有的人，全都把目光射向苔丝。苔丝的脸红了起来，她连忙闪烁其词地解释说，那不过是一种幻觉罢了，然后马上低头，又吃起饭来。

不一会儿，她吃完了，突然发觉安琪在看着她，她感到很紧张，像个小孩子一样，开始用手指头在台布上画来画去，事实上，连她自己都不知道具体画的是什么。

“没想到牛奶场竟然来了一个如此纯洁、清新、自然的女孩儿！”安琪暗暗想道。

看着看着，他觉得自己好像见过她，但又想不出是在哪里，“大概是在乡下游玩的时候偶然遇到过吧！”对此，他不再深究。但是，苔丝的美丽和纯情已经使他产生了深深的好感。

在这以后，他在帮助老板确定挤牛奶的顺序时，总是会暗地里帮助苔丝，经常将那些比较温和的牛分配给苔丝……

·品读与欣赏·

本章苔丝来到了南部的一个牛奶场，开始了新的生活。在这里，她遇到了本书的男主人公——安琪·克莱尔，曾经参加过她家乡舞会的那个过路青年。这是一个与亚雷克完全不同的人，乐观、绅士，两个人互相渐生好感。作者巧设悬念，精心设置了安琪的出场，通过苔丝的所听、所感，来表现安琪的博学与睿智。

·学习与借鉴·

1.人物刻画：作者从声音与语言着手，突显出安琪的性格特征。浑厚动听的声音和一句“那时候，信仰还是件鲜活的东西”表现出了他的睿智和与众不同。

2.巧设悬念：对于安琪·克莱尔的出场，作者巧设悬念。“黄牛肚子底下”“浑厚动听的声音”“哲学意味深重的言辞”“连老板都称呼其为先生”……这一切都将读者的好奇心充分地调动起来。

第七章　两情相悦

六月里的一个黄昏，空气轻柔，万籁俱寂。突然，这寂静被一阵琴声打破。

虽然苔丝也时常听见从顶楼里传过来琴声，但却从来没有像今天这样被深深地吸引。乐曲在寂静的空气中沉浮，散发出一种纯净无杂的气质。其实按严格的标准来说，乐器并不算好，弹奏技巧也不算高超，但苔丝听着听着却入了迷，不但舍不得离开，反而一步一步地走近琴声，渐渐地走到树篱后面驻足聆听。

> 作者在这里运用了“沉浮”一词来表现曲子的空灵飘逸，十分准确传神。

苔丝所站的地方，已经多年没有修整过，现在杂草丛生，一片潮湿。苔丝像猫一样地躲在那里，不想被安琪发现。她的裙子沾上了草汁，两只裸露的胳膊也被树枝刮破，呈现出淡淡的红色。她就那样静静地站着，忘却尘世，忘却了一切。她以前所描绘的那种灵魂出窍的超然意境，又一次包围了她。她的整个身心都随着旧竖琴的抑扬顿挫而荡漾起伏，随着旋律中的幽怨婉转而黯然落泪。

> “苔丝像猫一样地躲在那里”，这个比喻句写出了苔丝的小心翼翼，不想被安琪发现。【比喻修辞】

幽怨凄婉的琴声停止了，而她却还在那儿等候，以为还会听到另一支曲子。可是，他已经弹倦了，已经绕过树篱，溜达到她后面去了。苔丝感觉自己的脸上火辣辣的，正打算悄悄地溜走，却恰好被安琪看见了。

“苔丝，你为什么要躲开我呢？”他问道，“你很害怕吗？”

“哦，不，先生……不是害怕什么屋子外面的东西，在现在这种草木青绿，百花盛开的季节，没有什么可怕的！”

“那这么说你是怕屋子里面的东西喽？”

“呃——是，先生。”

“是怕什么呢？”

“我也说不上来。”

“害怕牛奶变酸？”

“不是。”

“害怕活得辛苦？”

在苔丝与安琪的对话中，苔丝的回答简短、模糊、游离，形象地表现出她矛盾、复杂、悲伤的心理，在经历了人生的重创后，她很难再打开心扉，与人毫无顾忌地交谈了。【对话描写】

“是的，先生。”

“嗯，我也是的。常常害怕。人活在世上真是辛苦，你不这样觉得吗？”

“是啊，经你这么一说，的确是这样。”

“不过，我还真没想到，像你这样一个年纪轻轻的姑娘，怎么也会有这种感觉？”

她垂下眼睛，默不作声。

“不要紧，苔丝，有什么话尽管和我说吧。”

“我似乎总能看到万事万物的眼睛，树木的、花草的、河流的，它们都在盯着你，而且我也能看到许许多多的未来，排成一行，站在最前面的一个也是最清晰的一个，剩下的嘛，站得离你越远，也就越小，但是它们全都显得面目狰狞，仿佛在说：‘我来啦！你要小心！小心我把你……’可是你，先生，能够用音乐创造出梦幻的境界，把这些可怕的幻觉全部赶走。”

她缓缓道来，用温婉动听的声音诉说着自己的心情。他惊奇地发现，这个年轻的女人，虽然只是一名挤奶女工，却如此多愁善感，又有着如此悲哀的想像。她身上那种独特的韵味，深深地吸引着他。可是，像她这么年轻的姑娘，就有了这样的想法，仍然令人感到惊讶和悲哀。他猜不出其中的原因，他也想不到人对生命的体验其实在于阅历的深浅，而不在于年龄的大小。苔丝过去几年所受到的摧残，正是她现在精神上丰富的原因。

与此同时，苔丝也在想着这样的问题，一个出身良好、受过教育、不为生活困顿所累的人，怎么也会把人生看成是一种不幸？像她这样饱受屈辱的人，有这种想法倒还合情合理，可像他那样聪明无比、诗意浪漫的人又怎么也会这样想呢？

黄昏的这次谈话，拉近了他们的距离，使他们渐渐彼此熟悉了起来。刚开始的时候，苔丝并没有把安琪·克莱尔当做一个凡夫俗子来看待，而是将他当做了智慧的化身。她经常把自己和他作比较，每当她发现他的渊博、他的聪慧时，就会觉得自己是那样的卑微，那样的渺小，无论她怎么努力，她都觉得无法赶上他，为此，她暗暗地灰心、忧郁了好久。

时光流转，克里克老板牛奶场里的人们一如往昔地生活着。他们似乎是最幸福的一群人，他们既不像社会底层的人们那样为生存而苦苦挣扎，也不必像上层人物那样，为了所谓的体面而束缚自己，活在伪面具之中……而苔丝也又一次体会到了什么是幸福，她喜欢牛奶场的环境，她在这里感觉身心愉悦，就好比一棵树苗，原先生长在恶劣的环境里，现在却被移植到肥沃的土壤中。

将苔丝比喻为“树苗”；将牛奶场比喻为肥沃的土壤，更加生动地表现出苔丝此时幸福、满足的生活状态。【比喻修辞】

与此同时，她和安琪也开始彼此倾慕，虽然这种心情并未言明，但却彼此心照不宣。恋爱中的男女在这个阶段是最美好的，朦朦胧胧，虽没有柔情缱绻，但也不会瞻前顾后，更不会尴尬不安地探究彼此的过去是怎样？未来又会是怎样？

虽然从未相约，但他俩总会默契地最先起床，在朦胧的晨曦中来到草场上一起工作。茫茫的草地，凄迷的雾气，加上扑朔迷离、影影绰绰的光芒，使他们产生了一种遗世独立的感觉，仿佛活在伊甸园里。

安琪·克莱尔的帅气和才气，不只让苔丝仰慕，也赢得了牛奶场其他女孩子们的芳心。

一天晚上，几个同室伙伴说话的声音吵醒了苔丝。

她那三个同室伙伴，没有一个上床休息的。她们穿着睡衣，光着脚丫，挤在窗口，全都兴致勃勃地向外看。

“别推我呀！”名叫蕾蒂的金发姑娘说。她年龄最小，这会儿，她的眼睛直直地盯着窗户。

“蕾蒂，你喜欢他，我也喜欢他，可那都没用。”长着圆脸的可爱姑娘玛莲调皮地说，“他喜欢的可不是你这种小模样儿！”

蕾蒂没吭声儿，仍旧往外张望。

“他又过来了！”肤色苍白的姑娘伊丝叫了起来，她的头发乌黑而有光泽。

“嘿嘿，伊丝，”蕾蒂笑嘻嘻地，“我看见你吻他的影子了！”

“你刚才说，你看见她什么来着？”玛莲问道。

“有一回，他站在牛奶桶旁边，他的身影落在后面的墙上，伊丝正巧站在那儿，于是她就走上前去，把嘴凑到墙上，亲吻了他墙上的嘴，我看得清清楚楚！”

“哎呦，你这个小伊丝！”玛莲说道。

伊丝的脸颊上立刻泛起了一朵玫瑰色的光晕。“那又怎么了！”伊丝装着镇定的样子说，“是呀，我喜欢他，你，还有你，难道就不喜欢他吗？”

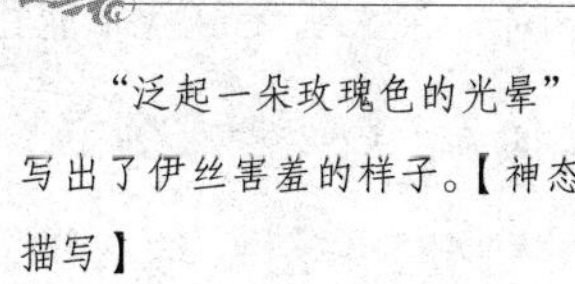

“泛起一朵玫瑰色的光晕”，写出了伊丝害羞的样子。【神态描写】

玛莲大声反驳，“我？你可真能编！”突然，她喊了起来，“哎呀，他又过来啦！你们快看，他多帅啊！”

“你呀，这不是不打自招嘛！”

“你不也是嘛，我们都是不打自招。”玛莲完全不顾别人的看法，直截了当地说，“唉，说实话，我真恨不得明天就能嫁给他！”

“我还恨不得今天就能嫁给他哩！”伊丝嘟嘟囔囔地说。

听到这儿，苔丝浑身僵硬，不能呼吸。

“可我们没法儿都嫁给他呀。”伊丝天真地说。

“笨蛋，我们一个都嫁不了！”年长的姑娘玛莲说。

“为什么一个也嫁不了？”蕾蒂着急地问道。

从三个女孩的对话中，可以看出伊丝的可爱，玛莲的直爽和蕾蒂的单纯。【语言描写】

“因为他最喜欢的是苔丝·德北呀。”玛莲把声音放低了说道，“我都观察他好久了。”

女孩儿们都陷入了沉思，一声不吭。

“可我看，苔丝对他好像没什么心意呀！”

“嗯，我觉得她也是。”

“我们太傻了！”伊丝不耐烦地说，“他不会娶我们中间的任何一个，就连苔丝，他也不会娶。我们和他相差太悬殊了，更何况他马上就要当农场主了，有地位，又有的是钱，怎么会娶我们这种人呢？要是说，他一年里头能雇我们去干几天活儿，那还有可能！”

大家都长吁短叹起来，美丽的蕾蒂眼睛里甚至噙满了泪水，她们纷纷离开窗边，回到床上，屋子里安静极了。过了一会儿，她们听见安琪登上楼梯，回到了自己的房间。又过了一会儿，玛莲响起了轻微的鼾声，伊丝和哭哭啼啼的蕾蒂也渐渐入睡了。

但此时，苔丝却再也睡不着了。刚才这番谈话，她听得真真切切，她的心头没有一丝醋意。在这些人之中，她是最有优势的，她长得最美，还读过几年书，并且，在经历过那些坎坷与挫折后，她更有女人味儿了。她知道安琪压根儿就不在乎那些所谓的显赫身世和大家闺秀，对他来说，只要情投意合就好，她只需用上一点儿心思，就能把握住安琪·克莱尔。但是，她不敢那么做，或者说，她不能那么做。她受的创伤太大了，她已经发过誓永不嫁人，与其和安琪纠缠不清，耽误大家，还不如成人之美，她暗暗地想。

第二天早晨，姑娘们都打着呵欠下了楼。老板克里克正在那儿急得直跺脚。原来有一个老主顾，给他寄了一封信，说他的黄油里有一股蒜味儿。“这样可不成，”老板说，“咱们得把那块草场好好地搜一搜，看看是不是有蒜苗儿之类的东西，让牛给误吃了。”于是，大家人手一把旧尖刀，弯下腰排成了一横列，开始在草场上搜寻起蒜苗儿来。安琪·克莱尔总是“偶然地”与苔丝肩挨肩地走到一起，她的裙边刚好碰到他的裹腿上，他的胳膊肘儿也有时碰到她的胳膊肘儿上。苔丝看见他紧挨着自己，就先开口说道：“你看她们多么漂亮！”

> “偶然地”“刚好”“也有时”，作者巧妙地运用了三个副词，将安琪想与苔丝亲近但又不敢表现出太明显的心理状态显露无遗。【用词准确】

“谁呀？”

“伊丝和蕾蒂呀！”苔丝在此时已经下定了决心，一定要说她们这几个姑娘不论哪一个都能做好一个农人的称职主妇，她一定要向他推荐她们，一定要掩饰起自己可怜的姿色。

“你是说她们漂亮吗？哦，不错，是很漂亮。”

“她们都是挤奶的好手。”

“不错，是好手，不过你也不差啊。”

“她们撇奶油可比我撇得高明。”

“有吗？”

安琪抬起脸瞧她们，她们也正抬着脸瞧安琪。

“她的脸红了。”苔丝趁势又说。

“谁的？”

“蕾蒂的呀。”

“哦，为什么脸红了呢？”

“因为你老看人家呀。”

虽然苔丝一心打算牺牲自己，推荐她的伙伴们，但是叫她更进一步，直接对他说去娶那三个女孩儿中的任何一个，别打自己的主意——她真的办不到，这真的是太难了！于是她站起身，说自己身体不舒服，先回房间去了。远远地，她看见安琪依然留在那儿，心里不免百感交集。

从那以后，她逼着自己想方设法地躲开他。即使有时他们完全是在无意间遇到，她也不肯再像从前那样，和他待很长时间，因为她要给别人创造机会。

炎热的七月不知不觉间悄然来到，大雨一场接着一场，草场上的草也更加繁茂了。

这天，倾盆大雨一直下到夜里，把许多干草都冲进了河里，闪电夹着雷鸣一波

用倾盆大雨和闪电雷鸣来烘托安琪的孤寂与悲伤，使人更加感同身受，仿佛安琪就在读者的眼前。【烘托】

又一波，安琪坐在顶楼里弹着他的旧竖琴，曲调孤寂而悲伤。近一段日子，苔丝一直在躲着他，好不容易碰个正面想和她聊上几句，她又总是顾左右而言他，一会儿说玛莲调皮可爱，一会儿又说伊丝美丽动人。“她究竟是怎么了？”安琪嘟囔着。与此同时，苔丝躺在床上，睁着大眼睛，在听雨水打在窗户上的声音，一滴，一滴，又一滴，“唉，哪个是让他牵肠挂肚的啊？也不知道自己这样做究竟对不对？”她长长地叹了口气。

第二天早晨，天晴了，苔丝推开窗，一股清新的空气扑面扑来。经过一夜的暴雨之后，太阳更加灿烂。这天恰逢礼拜天，克里克给大家放了假，于是四个姑娘决定一起去一个叫做梅尔斯托克的教堂。

教堂距牛奶场大约有三四英里路，姑娘们叽叽喳喳地一边走一边说着牛奶场里的各种趣事。当然，其中偶尔也会涉及那个会吹竖琴的家伙。这时，她们来到了一段洼地，平时这里都是干干的，然而在经过暴雨的洗礼之后，大约五十米的路面已经全被淹没了，调皮的玛莲扔了一块儿石头，只听“嘭”的一声儿，石头竟然被水给吞没了。

她们四个人爬到路旁的坡顶上，低头看见身上洁白的裙子已沾染上污迹，一个个正不知如何是好时，路上传来了啪哒啪哒的溅水声，原来是克莱尔先生穿着雨靴正朝她们走来。

四双眼睛不约而同地向他望。他戴着顶帽子，一片菜叶从里面偷偷探出了

作者在此处精心描写了安琪的装扮——帽子、围裙、雨靴、小锄头，展现出安琪不拘小节的一面。【外貌描写】

头（帽子里垫菜叶，大概是为了使头部清凉），身上穿着围裙，脚上蹬着一双长统雨靴，手上拿着一把小锄头——这种打扮如果让他做牧师的父亲看见，一定会气得七窍生烟。

“看他这身装束，他不是要到教堂里去的。”玛莲说。

安琪自然不是去教堂的，在他心里，与其在教堂里枯燥地听人布道，不如去聆听大自然的声音，感受大自然的气息。他之所以选择野外，是想看看雨水对牛奶场附近环境造成的损坏究竟有多大。他在离很远的地方就看到这四个姑娘了，看见她们在那里无所适从，一副焦急的样子，他知道那个低洼一定是积了雨水，挡住了她们的去路。所以他匆匆赶了过来。

“四条”“四张”“四双”“四只”，从服饰到相貌，作者用优美的语言描绘出了四个女孩的青春美丽。【外貌描写】

四条轻柔洁白的长裙，四张玫瑰般的面颊，四双水汪汪的眼睛，她们站在路旁的小坡上，犹如四只美丽的蝴蝶。安琪的目光落到了苔丝身上，她站在最后，格外楚楚动人。

“你们这是要去哪儿啊？”他对着站在最前面的玛莲问道。

“我们要去教堂，先生，现在一定要迟到了。”

“呃——这样吧，我把你们抱过去。”

四颗心不约而同地扑通一跳，脸一齐变得绯红。

“不好吧，先生，你能抱动吗？”玛莲说。

“我能把你们四个一起抱起来。要想过去，没有其他办法了。玛莲，你第一个来。”他低下了身子，“你用胳膊搂着我的肩膀，对了，一会儿我起来的时候，你别害怕。”

玛莲伸出胳膊，环住了安琪的肩膀，安琪抱着她走开了。他颀长的背影，看上去健硕有形，他大步流星，似乎一点儿都没费力气，眨眼间，他们便转了个弯儿，消失得无影无踪。几分钟后，他蹚着水又回来了。这回轮到站在坡上的伊丝了。

“天啊，他终于要抱我了，我真不敢想。”伊丝双手捂着脸喃喃地说。

安琪来到坡上，伊丝如同一只小猫，静静地伏到他的肩头，她的眼睛微闭，好像在幻想着什么……

> 作者在这里将伊丝比喻为“一只小猫”，非常生动，更加突显出伊丝的美丽害羞与乖巧。【比喻修辞】

在安琪·克莱尔的心里，她们都如同自己的小妹妹，帮助她们也只是出于普通情意，但对于苔丝则不同，他一直都没把她划入她们中间，她是与众不同的，无论是她本身，还是对于他。

他再次回到坡上，蕾蒂那颗跳动的心差不多已从身体中飞出，他弯腰抱起这位金发姑娘，与此同时，他瞟了一眼苔丝，刹那间四目相会，“一会儿，就只有你和我了。”从他的眼神中，她读出了这条信息，她情不自禁地露出了心领神会的微笑，尽管多番压抑，尽管多番躲避，但他们的心早已属于彼此。

……现在轮到她了。安琪每向她走近一步，她的心跳就加快一分，她已经快无法呼吸了，“苔丝，你真丢人！”她在心里对自己说。

“你一定很累了，克莱尔先生！我还是顺着斜坡走过去吧，小心些，不会有事儿的。”她尽量使自己的声音平稳。

“别，别，苔丝。”他急忙答道，几乎没等她明白过来，就已经把她抱在怀里了。自然而然，苔丝将双臂环在他的脖子上，脸儿顺从地伏在他的肩头上。

“我刚才抱那三个人，完全是为了现在抱起你呀。”他在苔丝耳边悄声细语。

“伊丝她们三个都比我好。”她还是决定牺牲自我，成全他人。

“可在我眼里不是这样的。”安琪坚定地说。

“那是你没注意，你应该多留意一下她们的。”

虽然她一心想把姐妹们推在前面，但她急促的呼吸却完全暴露了她的心意，安琪站住了脚。

“你这个折磨人的小人儿！”他失声喊道。

微风中，苔丝的双颊红得发烫，她已经不敢看安琪的眼睛了，那三姐妹就在前方，安琪也没有采取进一步的行动。他慢慢地挪着步子，恨不得能将时间就此打住，不过最后他们还是到达了目的地，他只得把她放了下来。

那三个姐妹，都瞪着圆圆的眼睛若有所思地看着他们。安琪匆匆地向她们道了别，又看了一眼苔丝，沿着原路啪哒啪哒地返回了。

四只美丽的蝴蝶，又继续前行。

“我们谁都争不过她！”玛莲打破了沉寂，她面色沮丧地看着苔丝。

“你说什么？”苔丝问道。

“他根本就不喜欢我们三个，只喜欢你！看他抱你的样子，那么的含情脉脉，如果我们不在场，说不准他还会亲你哩。”

“别瞎想，压根没有的事。”苔丝嘟囔道。

四周只剩下走路的声音，以及微风吹过树叶的声音，她们没有再说话，各怀心事，静静地向教堂走去……

只有走路的声音和微风吹过树叶的声音，作者在这里用外部环境的静来衬托四个女孩心中的动，虽然她们谁也不说话，但心中早已是波涛汹涌、激情澎湃了。【以静写动】

感情这东西，越压抑越高涨，越是有人争，来得就越激烈。苔丝心里仿佛堵着一块大石头，憋得难受。她知道，她爱安琪·克莱尔，经过今天的事情，她已经无法再向自己隐瞒了，尤其当她知道其他三个姑娘也爱慕他后，她爱得更激烈了。可是，她还是一遍又一遍地对自己说：“不行，不行，不行……”

“我绝不想和你争，也不想和你们中间任何一个人争！即使他向我求婚，我也会拒绝的，任何男人我都会拒绝的。”这天晚上，她在寝室里对蕾蒂表明了态度，说的时候，泣不成声。

“哦？为什么？”苔丝的话语出乎了蕾蒂的意料。

“因为这是不可能的！唉！我还是把话说明白了吧，我觉得咱们中间的任何一个，他都不会娶的。”

“嗯，我也是这样想的——可是，唉，我的心都碎了。”蕾蒂悲伤地说。

这时，另外两个姑娘回来了，苔丝赶紧擦了擦脸上的泪珠儿。

“我们也别再为难她了，她也和我们一样，觉得他不可能娶她。”蕾蒂转过头说。

隔阂似乎简单地消除了，其实，她们之间本就没有多少敌意，女孩们也没怎么真正怪过苔丝。她们都是宽容大度的年轻姑娘，又生长在偏僻的乡村，凡事都认为是命中注定的，尤其是在感情上。

她们又像往常一样，叽叽喳喳地议论起来。

“听说他父母已经给他物色了一位小姐，不知道是什么模样？”

“怎么回事？快说说。”伊丝急于知道。

“他父母已经给他物色了一位小姐？”苔丝无比震惊，倒抽了一口气儿，“我怎么不知道呀？”

“私底下大家都这么说，说是他家给他选了一个门当户对的小姐，是一个神学博士的女儿。但是好像他并不怎么喜欢她，要不然也不会从家里出来。不过，这门婚事，恐怕他也逃不掉。”

苔丝一头栽倒在床上，心里凉凉的。回想起白天他抱自己时的样子，苔丝觉得好像有人在她脸上重重地掴了一掌，一个已有未婚妻人选的人，却还对自己脉脉含情，这种“情”又能有多谨慎呢？又能有多少含量呢？——想必也只是一时兴起罢了。

夏季的牛奶场，阳光暖得醉人，土地肥得出油，草木青翠欲滴，一切都是那样的英姿勃发，就连最虚无缥缈的爱情，也不可能不变得缠绵热烈了。

八月里的一天，身穿一条粉红色长裙，头戴一顶白色绢帽的苔丝正侧着脸挤

从衣着、帽子到轮廓、神态，描写得细致形象、可观可感，美丽的苔丝仿佛就在我们的眼前。【外貌描写】

奶，她的太阳穴贴在牛腹上，双眼望向远方，静静的，好像又进入了她所描绘的那种超然意境，除了奶牛的尾巴和苔丝粉嫩的双手外，再也没有别的东西活动了。太阳也仿佛对她青睐有加，柔柔地照在她身上，她的侧面轮廓在阳光与暗褐色牛身子的衬托下，好像是玉雕一般，异常清晰却又光芒四射。

不知什么时候，安琪绕到了她的身边，坐在牛身下静静地看着她。她正在恍惚出神，并未发现有人靠近。

她实在太迷人了。那清澈如水的眼睛，那妩媚靓丽的脸蛋，那柳叶一般的弯眉，还有那张嘴——天底下恐怕再没有哪张嘴能比她的更漂亮了。无论是谁，见了她那樱红的上嘴唇微微一撅，都不由得神魂颠倒。这两片嘴唇的曲线，安琪是再熟悉不过了，多少次它们都在梦中出现，而现在，它们又出现在眼前了，他看着看着，几乎眩晕。

他猛然站起来，放下牛奶桶，三步并作两步，冲到他所爱的人面前，跪在她身旁，将她紧紧地搂在怀里。

“站起来”“放下”“冲”“跪”“搂”，作者用了一系列的动词，准确地表现出安琪此时激动的心情和对苔丝深切的爱恋。【动作描写】

苔丝吓呆了，半天说不出话来，一动也不动。

“对不起，亲爱的苔丝！你别生气，我应该先问你一声儿的，我不是想冒犯你，我也不知道自己怎么了，我是真心地爱你！”这时，奶牛回过头来，莫名其妙地看着他们，平日里，它肚子底下总是只有一个人，现在怎么会蹲着两个呢？它把后腿抬了抬，表示不耐烦。

“它生起气来会把奶桶踢翻的！”苔丝从他怀里挣脱着站了起来，安琪也随着她站了起来，她的眼睛盯着奶牛的一举一动，满眼含泪。“苔丝，你怎么哭了呀？”苔丝只顾着抹眼泪，没有回答。“唉，苔丝，我到底还是泄露自己的感情了。最开始我不确定那是什么，我也像你一样感到震惊。我看得出这事儿让你很为难，现在我不会强迫你了。你不会觉得我太鲁莽，趁你没有防备，欺负你吧？”

“不，我也说不上来，你……还是先回去挤奶吧。”

他慢慢地挪开了身子，回到自己的奶牛旁又开始干活了，谁也没看到刚才的情景。午饭时，他俩都没有说话，别人也一点儿也没看出存在在他们之间的异常。然而，一层薄纱已经揭开，面对爱情，他们再也逃不掉了。

·品读与欣赏·

从黄昏时分的听琴、谈心，到与室友出行时安琪的“英雄救美”，再到奶牛旁边突如其来的拥抱，男女主人公早已倾心于彼此，虽然他们都曾努力地压抑着自己的感情，但最终还是没能逃离爱情的漩涡。在本章中，对比是一大亮点，从安琪对待四个女孩的不同态度，尤其是帮助他们过河的那一段，可以看出安琪对苔丝的浓浓的情意。

·学习与借鉴·

1.对话描写：本章中有大量的对话描写，黄昏时分苔丝与安琪关于人生的那段对话、安琪抱起苔丝蹚水时的对话都非常生动，符合人物性格特点，让我们感受到了苔丝的矛盾、安琪的热情。

2.人物刻画：安琪“英雄救美”时的不拘小节、俏皮生动；苔丝挤牛奶时的美丽、安宁，都被作者刻画得栩栩如生，仿佛两人就在读者的眼前。

第八章　求　　婚

安琪·克莱尔离开了牛奶场，带着老板娘送的香肠、蜜酒，骑马回了家乡。在拥抱了苔丝，向她表达爱意之后，他变得焦虑不安，他和苔丝一样，都被吓坏了。两个多月以来，他一直努力压抑着自己的情感，一直告诉自己要理智，再理智，然而——一个拥抱就将那些努力全都化为了泡沫，一旦见到苔丝，他便忘记了一切时间、空间，眼中只剩下她。就像现在，虽然他骑在马上，已经离开牛奶场近十英里，但他念念不忘的仍是苔丝。

他不停地责怪自己，苔丝是个好姑娘，她那样的美丽聪慧，那样的天真、纯洁，自己怎会那样冲动——他本来不是一个任性妄为、不顾后果的人，可这次却冒失起来……现在，别人还不知道他俩之间的关系，他更应该好好地想一想今后该怎么办？是他纠缠的苔丝，他不可以不慎重地对待他们之间的关系，他不可以继续待在牛奶场，像没事人一样与苔丝天天相对。他的良心和强烈的责任感告诉自己，绝不可以将苔丝推向身败名裂的痛苦深渊……

还有不到半年的时间，他在牛奶场的学习就要期满了，到那时，他就要到别的农庄上继续做学徒了，他需要全面掌握农业知识，这样他才可以独立经营农场。而一个农民，不正需要一个贤内助吗？农民的妻子，应该是客厅里陈设的花瓶儿，还是懂得农活的女人呢？这个问题的答案显然不言而喻。可即使抛开这些现实的问题，他也会毫不犹豫地选择苔丝，因为只有她，才是那个让自己魂牵梦萦的人。而在这之前，他必须和他的家人好好谈一谈。

与此同时，正坐在一起吃早饭的牛奶场里的男男女女们也在讨论着安琪·克莱尔。

“最近怎么总是看不到克莱尔先生的身影？”一个女工抬起头问。

苔丝的心头好像被重重地敲击了一下，自从拥抱事件后，这位先生就杳无音信了，起初，她还觉得没法面对他，想着要尽可能避免相见，可还没等她有所举动，他竟然消失不见了。

“克莱尔先生回家探望他父母去了，过几天才能回来。”老板满口食物，费劲地说。

刹那间，饭桌上包括苔丝在内的四个女孩儿突然觉得，这天早上的太阳一下黯淡了许多。

“他在我这儿学徒的期限快要满了，所以我想，他应该正联系要到别处去呢。”

现在，连外边鸟儿的歌唱也变得沉重起来。

“那他还能在这儿待多长时间啊？”伊丝张口问道。其实，这也正是苔丝想问的，她心中怦怦直跳，将目光投向窗外的草场，而不敢看老板的嘴型。

“这我还真得查查，看他是什么时候来的，不过估计最迟也就是年底，他就得走了。”

“还有四个月，”苔丝在心里对自己说，“他就要离开了。”到那时，她的生命中将不再有甜蜜与欢乐，有的也只是漫漫长夜了。

安琪回到了家乡——爱敏斯特，一个四面都是山的小镇。在那个石头建造的宏伟教堂外，他遇到了一个女孩儿，她戴着一顶漂亮的宽边帽子，穿着一件考究的细纱长衫，手中拿着两本书——这个女孩儿正是默茜小姐，伊丝她们口中的那个安琪的未婚妻。

安琪本来和这位小姐很熟，她父亲与安琪的父亲是老朋友，又是老邻居，从小他们就经常在一起玩儿。但此时，他却并不想看到她，因为他的父母一直暗暗祈望，将来有一天安琪能够娶这位天真无暇而又对宗教满怀虔诚的小姐做妻子。于是他假装没看到她，绕路前行，进了家门。

家人正围坐在一起吃早饭，一见他进来，都高兴地跳起来欢迎他。他的大哥裴利，附近市镇上的副牧师，恰巧请了两个礼拜的假，回到家中；他的二哥克伯，一位睿智的学者，正逢暑期，也从剑桥回来了，将来他也是要做牧师的；他的母亲，一个戴着一副银丝眼镜的老妇人，正和蔼地望着他；最后，是他的父亲，头发已经略白，有些消瘦的脸上满是皱纹。现如今像他这样诚恳、热心、虔诚的牧师差不多已经绝迹了，虽然他曾严厉地训诫儿子不听话，不肯走牧师的道路，不过心肠慈善、爱子心切的他现在也早已经忘了这段插曲，一看见儿子出现在门口，便带着像天使般灿烂的笑容热烈地欢迎他。

安琪坐了下来，感受着家庭的独特味道。他总是有种感觉，自己和这里有些格格不入，他似乎更享受牛奶场里那灿烂的阳光，滋润的雨露，肥沃的土地和美好的爱情。在那里，他能够更加强烈地感受到生命的搏动，没有束缚牵绊，有的只是痛快的人生。而对于这个屋子中的其他人来说，安琪·克莱尔和整个家庭的氛围也不太协调。他的两条腿不再安分，他原来那种温文尔雅的书生模样几乎已经完全不见，一举一动越来越像个农民。他的两位受过良好教育的哥哥更是带着异样的眼光看着他，仿佛在说，你怎么变得如此粗俗鄙陋。

晚上，家庭祈祷做完后，安琪才有机会和父亲好好谈话。首先他和父亲讨论的是将来要做大农场主的计划，他父亲觉得既然木已成舟，小儿子没有做牧师的天分，那么也实在无法强求。

“我攒了一笔钱，原本是想供你上剑桥读书用的，既然你现在无心做学问，也不愿做牧师，那么这笔钱现在就给你好了，你是想买地还是租地，你都自己决定好了。”

安琪没想到父亲为他想得如此周到，于是借此机会，他谈到了自己的婚事。

“我将来要做一个勤俭的农民，那么您觉得，我应该娶一个什么样的太太呢？”他对父亲采取了循序渐诱的办法。

“必须得是一个虔诚的基督教徒，这非常重要，这样的女人才能帮助你、爱护你，和你共度一生。其实眼前就有这样一个人选，你还记得——”

“不过这个女人，是不是首先得会挤牛奶，会搅黄油，会做奶酪，会喂养小鸡呀？”安琪赶紧打断了父亲接下来的话语。

“唔，不错，农民的妻子是应该这样，应该这样。”老克莱尔先生显然是才意识到这几点，“不过我觉得，和这些相比，一个人纯正、贞洁的本性更为重要。还记得默茜小姐吗？你们从小玩儿到大的，你以前不是对她很好吗？我和你母亲都觉得你们比较相配，一直希望你们能共结连理呢。虽然她从小没有接触过什么农活儿，但相信凭着她的聪慧和一颗虔诚善良的心，她一定会学好那些的。”

“是的，默茜小姐非常好，我知道。不过，父亲，如果有一个女人，和她一样单纯，一样善良，虽然她没有像默茜那样读过那么多的书，懂得那么多的宗教典故，但是她更加朴实，更加贤惠，更明白庄稼地里的活儿，这样的女人怎么样呢？”

“那她家的门第如何，她是一位小姐吗？”他的母亲走进了书房，她已经在门外听了很久了。

“她是乡下小户人家的女儿。”安琪直言不讳，“其实这点我很满意，因为她在情操和行为举止方面，就像一位小姐一样。”

“可你要知道，默茜是纯正的大户人家的小姐啊！”

“那又能怎样？”他急忙说，“我是要做一个农民，是要下地干活儿的，她嫁给我，享不了什么福的。”

“你不是爱吹竖琴吗？默茜也多才多艺啊，在这方面，你们是有共同语言的。”母亲仍极力劝解。

“那只是我一时兴起罢了，再多才多艺又能如何？对我将来要过的那种生活，有什么实际用处吗？至于说到念书，她也可以的，将来我自己就可以一手教她。你们不认识她，她是一个非常聪明敏捷的人，浑身充满了诗意。并且，她也是一个纯真无暇的基督教徒，如果你们见到她，一定会喜欢她的。”他说起苔丝来滔滔不绝。

老两口听到安琪如此夸赞那个女人，也就不再说什么了，虽然放弃默茜那个乖巧的丫头有些可惜，但不管怎样，安琪口中的那个女孩儿毕竟也是基督教徒，这点也是不小的安慰了，不过他们还是建议先不要仓促行事，可以先见见面。

安琪作为一个孝子，也并不想惹父母生气。其实他自己心里明白，他爱苔丝不是因为她会这会那，是一个庄稼好手，而只是因为她是苔丝，这个世界上只有一个苔丝，独一无二，这种爱是不需要任何理由的。

安琪再次离开了家，他的两个哥哥也结伴旅游去了。本来他们是同一个方向，可以一起启程，但是，一想到哥哥们的呆板固执，他便放弃了这个打算。而关于苔丝的事情，他对两个哥哥甚至都未曾提起。

他的父亲亲自送他，在郁郁葱葱的林间，父亲倾诉起自己在教区工作经历的种种难处。他提到了一个年轻的姓德伯的暴发户，说这个暴发户任性放荡，拈花惹草，连他那位瞎眼的老母亲都不孝敬。有一次，他碰到了这位糊涂的青年，本来想劝导劝导他，结果却受到了他的责骂与侮辱。说到这里，父亲不免有些激动。

听到父亲被别人欺负，安琪心里也非常生气，“以后你就别再搭理这种人了，免得自寻烦恼。”

“烦恼？”他顿了顿，“孩子，《新约·哥林多前书》里有这样一句话，‘别人诅咒我们，我们要给予他们祝福；别人欺侮我们，我们要尽力忍耐；别人诋毁我们，我们要劝诫他们从善。’所以我不是为自己而烦恼，我是为他而烦恼，为那个执迷不悟的青年而烦恼。”父亲的脸上散发出一种光芒，浑身上下都充满了热情。

“如果他能被您规劝过来就好了。”安琪诚心诚意地说。

“希望如此，虽然他曾那样对我，但我现在还是会常常替他祷告，我想将来会有那么一天，他能够自省，从而理解我对他的劝诫。我对他说的话会在他心里生根发芽的，我相信会有那么一天的。”

儿子看着父亲闪闪发光的脸，突然觉得他们之间其实是很相像的。虽然，他并不信服父亲那种偏狭的教条，但对于他那种乐观向上、一往无前的精神却充满了敬佩之情。他经常觉得，在精神方面，他是最像父亲的，而那两位虔诚的牧师哥哥，反倒都不如他。

安琪·克莱尔回到了牛奶场，门口处多了一棵去皮带杈的死橡树，上面零零落落地挂着一些发白的牛奶桶。此时恰逢午睡时间，他蹑手蹑脚地走过悄无声息的走廊，听到房间里面的工人都在有规律地打着鼾，就又偷偷地溜出去给马喂点儿草料，当他再度返回屋里时，钟声正好“咚咚咚”地敲了三下。

这响声敲醒了酣睡的人们，楼上的地板开始一阵乱响，苔丝走了下来。她显然没有看到楼下的人，她的胸脯高高地挺着，边走边打着呵欠，一只胳膊直直地伸到云鬓上面，将胳膊上那没有被晒黑的部分显露了出来，那里细嫩柔滑，如同丝绸。她的脸红得像朵玫瑰，眼皮懒懒地覆在那原本黑得发亮的瞳仁上，女人的憨态可掬、自然慵懒一览无余。

突然，她原本朦胧惺忪的眼睛放出了闪闪光芒，“呀，克莱尔先生，你什么时候回来的？都吓到我了！”语气中有嗔，有喜，还有惊。

安琪箭步冲到她的面前，紧紧地搂住她。此时，苔丝似乎才反应过来，想起了那个午后，想起了他们现在的尴尬关系，脸上出现了一种矛盾复杂的神情。她不敢与他直视，过了一会儿，她才慢慢地抬起头来，直直地望进他的眼中，他也一直看着她，仿佛这个世界上只剩下了他们俩。

楼上的地板又传来一阵乱响，好像又有人要下来了。

“我得去干活了。”苔丝急匆匆地逃开去撇奶油了。

她好像在梦中一样，机械地重复着手里撇奶油的动作，她感觉到安琪又一次出现在她的身边，手不禁微微颤动。

他从身后再次将她紧紧搂住，在她耳边缓缓说着：“我想跟你商量一件事，最近我一直在琢磨一个问题，我想做一个农民，以后经营农场，因此我未来的太太也必须是个农活好手才行，你愿意做那个人吗？我的苔丝？”

苔丝觉得既突然又悲伤，她虽然特别爱安琪，但她从未想过要嫁给他，她已经发誓一辈子都不结婚了。“克莱尔先生，我——我不可以做你的太太——真的不可以！”她心里的无奈此时已无法言喻。

安琪觉得很意外，“难道你不爱我吗？”

“爱，非常爱——可是我不能嫁给你！”

“难道你已经跟别人订过婚了？”

“没有，从来没有！”

“那你为什么不答应我啊，你明明说爱我的啊！”

“我——我也不知道，总之，我不能嫁人，不能嫁给任何人！”

“我明白了，你是不是觉得这个问题来得太突然了，你还没有做好心理准备？”“嗯，我的确是没想过要嫁给你。”

“那么好吧，我不逼你，你再好好想一想，我等着你的答复，等着你！你知道我是那么的爱你！”最后，安琪只能这么说，他实在不忍心吓坏他的最爱。

苔丝没有接受求婚，这尽管让安琪很意外，但他却并没有灰心。既然她是爱他的，那么他就有信心早晚有一天会将佳人迎娶进门。他把苔丝的拒绝当做了女人的娇羞和欲拒还迎。

“苔丝，你怎么能那么坚定地回绝我？”几天之后，他又向她问道。

苔丝的脸刷地一下红了：“别问我了，我没有资格做你的太太，我实在配不上你的。”

“有什么配不上的？因为出身不好？因为不是大家闺秀？”

"嗯，有这部分的原因。"她嘟囔着，"你的家人也不会喜欢我的。"

"你错了，苔丝，我父母不是那种人。"他紧紧地抓住苔丝的手，不让她逃开，"亲爱的，我知道那都不是你的真心话，我敢确定你一定不是那么想的！你知道吗？你已经让我寝食难安了，我现在没有精神去看书弹琴了，没有精神去做任何事情。苔丝，我不为难你，但我知道，你总有一天会答应我的，会成为我的妻子——只是究竟是什么时候，选择权在你那里，但是总有那么一天的，对吧？"

她满眼含泪地摇了摇头，眼睛投向了远方。

安琪认真地看着她，仔细地研究她眉眼间的表情——她的拒绝好像是真的。

"告诉我，苔丝，你的心里是不是还有别人？"

"你怎么能说出这种话来？"泪水禁不住从她的脸上滑落，她将脸转到另一边，不愿再看他。

"哦，别哭，别哭，我知道，我知道你不会的。"他胡乱地为她擦着泪，"可是，你为什么要让我碰钉子啊？"

"我不是给你钉子碰。我喜欢你——喜欢你对我说的每一句话，喜欢你为我做的每一件事……"

"那你为什么不答应我的求婚啊？"他打断了她的话，她已经让他彻底迷糊了。

"啊，你怎么又回到老问题上了。请你相信我，我不肯嫁给你，完全是为了你好啊，真的！我知道，如果我嫁给你，我会非常的幸福，可是，我不能那么做，真的不能。”她将头摇得像拨浪鼓似的。

“为什么不能，要知道你嫁给我，我也会幸福啊，并且只有你才能使我幸福呀！”

“啊——你别问了，你根本就不会明白的！”

她心里痛苦极了，一直在激烈地挣扎着。她是那样的爱着安琪，心总是不由自主地飘到他那里，她内心深处的每一次跳动，都是一声爱的呼唤。可是在她的心里也一直有两个小人儿在不停地打仗，不停地对抗，她知道那两个小人儿是她自己的爱情与良心。每当夜晚躺在床上的时候，她就常瞪着眼睛想：“不要犹豫不决，要无所顾忌地接受他，在神的面前和他结合，也许最后他会发现真相，但现在不要告诉他，一点儿口风都不要透漏给他，不要等待那痛苦的降临，要先让自己尽情地享受其中，享受着他的温情，享受着他的眷恋。什么道德，什么良心，只有爱情才是最重要的！”可每当到了白天，当真正见到安琪的时候，那个叫做良心的小人儿又占了上风，仿佛在斥责自己：“你是怎么发的誓？你不是说永远不会嫁人了吗？难道你要让你心爱的人在娶了你之后，又后悔自己瞎了眼睛吗？”两个小人儿将她折磨得吃不好，睡不好，转眼间就瘦了一大圈儿。

“为什么没有人把我从前的事儿全都告诉他呢？”她想，“那个地方离这儿也不过四十英里罢了——那种事情，怎么就没能传到这儿来呢？”

安琪再次向她求婚，一次又一次地向她求婚……无论是在挤牛奶、撇奶油的时候，还是在搅黄油、做奶酪的时候，只要有机会，他都会说出柔情缠绵的爱语。他做得更加耐心、更加体贴了，尽管没有搂抱，没有拥吻，没有更多的亲昵，但却是百般呵护、心细如尘。要知道还从来没有一位挤奶女工，能像苔丝这样享受到如此动人的爱恋呢！

苔丝现在的生命之线，明显地被分成两部分：一部分是彻底的快乐；一部分是彻底的苦痛。这是她从来没有体验过的。

·品读与欣赏·

本章主要讲述的是安琪对苔丝的求婚。为了给苔丝一个交待，安琪回到了家乡与父母诉说了自己的情感，在没有得到家人反对的情况下，他回到牛奶场向苔丝郑重求婚，但令他意外的是，苔丝竟然拒绝了他。作者对苔丝心理的刻画是本章的一大亮点：一方面，苔丝从心底里喜欢安琪；另一方面，她又不敢接受这段感情，矛盾万分。

·学习与借鉴·

1.心理刻画：苔丝在听到安琪求婚之后的心理描写非常细腻，作者把苔丝那种欣喜、无奈、感伤、矛盾的心理刻画得淋漓尽致，使读者仿佛能够进入到苔丝的内心世界，跟随她的情感一起跌宕起伏。

2.人物刻画：安琪拥抱苔丝之后的惶然、向她求婚时的热烈、听到苔丝拒绝时的失望，都被作者刻画得细腻传神，从这些可以看出安琪是一个有责任感、情意深重而且很有耐心的人。

第九章　终身大事

秋天来了，克里克老板要派人去车站送趟牛奶，安琪自告奋勇地承担了这趟活计，还特别要求苔丝和他一起去。

苔丝包着干活时常用的头巾，露着胳膊，上了带弹簧轮子的大车，而安琪就坐在她身旁。

太阳渐渐向西偏去，车子在微弱的阳光里穿过一片又一片平坦的草场。他们都在静静地享受着这难得的亲近，谁也不愿多说话，只有背后那些大桶中的牛奶，总是发出晃荡的声音。道路两旁生长着丛丛黑莓，安琪不时地将鞭子一抖，缠住几株黑莓，取下送到苔丝的手中。

将水纹比喻成"老奶奶脸上的褶皱"，形象而有新意。【比喻修辞】

本来沉闷得几乎停滞不动的空气渐渐地变成了一阵轻柔的细风，附近的河流和池塘开始泛起片片水纹，看上去好像老奶奶脸上的褶皱。

突然，一滴，一滴，又一滴，几个打头阵的雨点儿落到了苔丝沉思的脸上，竟然下雨了！

"我们真不该出这一趟门儿。"她抹掉脸上的雨水，又抬头看了看天色，嘟囔着说。

“小雨纷纷，你不觉得别有一番情致吗？”安琪反倒开心得很，其实，只要苔丝能在他身边，下雨与否都是无所谓的。

雨越下越大，远方的荒原都在密雨中渐渐消失了。天色变得更加昏沉，雨水落到地上，激起一层厚厚的泡沫。

作者在此处细致描写了大雨瓢泼的景象，厚厚的泡沫突显了雨势之大，一个“激”字则点出了雨水之猛烈。【环境描写】

苔丝的头发本来是松散地垂放在白色的帽子下，可现在却已经完全湿透，好像海草一般在她的后背帖伏着，扭曲着。苔丝那单薄的衣服也早已扛不住雨水的攻击，完全粘在她的身上了。

安琪扭过头来，看了看苔丝，伸手将盖在铁桶上遮太阳的一大块帆布扯了过来，把两个人裹在一起。

“你穿得太单薄了，出来的时候也是着急，都忘记拿一件外衣了，这样下去会着凉的！”

苔丝没有吭声，将身体轻轻地往他那边凑了凑，并从他手中接过帆布的一角，既不让它挡住安琪驾车的视线，又免得帆布从他们身上落下去。

到处都是哗哗的雨声。

“苔丝，你看！”在经过一处破败的宅第时，他打破了宁静，“这个地方很有意思，它的主人原来姓德伯，很多年前他们曾经非常有势力，拥有数不胜数的庄园，这只是其中之一。然而现在，它已经完全败落了。即使这家的主人们曾经凶狠、霸道、不可一世，但一个那么大的家族说败落就败落，也不免让人感慨啊！”

“是啊！”苔丝的这一声叹息带着浓浓的感情。

在雨中，他们找到了车站，将牛奶桶卸下，又沿原路返回了。

“伦敦人明儿一早起来吃早饭，就能喝上那些牛奶了吧？”苔丝突然问道。

“是啊，他们准能喝到。”

“那能喝上那些牛奶的人都是达官显贵，太太小姐之类的吧？”

“应该是的。”安琪如实回答。

“他们压根儿不认识咱们，也根本不会想到牛奶是怎么运过来的，更是想都想不到，咱们走了多远的路途，遭受了什么样的风吹雨打，仅仅是为了能让他们明天早上喝到新鲜的牛奶！”

“压根儿”“根本不会”“想都想不到”“仅仅”，这一系列词语充分地表现出了苔丝心底对那些达官显贵的排斥与愤慨。【意蕴深刻】

“好了，我的苔丝，别发牢骚了。我这次出门，特意让你陪着我，可不是为了伦敦的那些不相干的人，我是想问，那个问题，你想得怎么样了？你知道我是诚心诚意地想娶你，想和你在一起。亲爱的，我不想再这样被折磨下去了，如果你有什么顾虑，可以直接和我说吗？”

“其实我拒绝你完全是为了你好——我的确是有一个问题，我要把我以前的事……”苔丝吞吞吐吐，实在无法张口。

“行啦，什么为我好啊，我和你说，如果真的是为我好，为了我的幸福，那就做我的太太！”他顿了顿，接着说，“我向你求婚是非常郑重的，也的的确确是为了彼此的幸福，不要想那么多了，苔丝，对于我来讲，只有你做农场的女主人才是最好的，我才是最幸福的。”

“不过我来到这儿之前的事儿——哦，我必须得说，你要是知道了那些事儿，就不会像现在这样爱我了。”

“傻苔丝，你说吧！我不拦着你了，那一定是一个很动人的故事喽。”他一脸顽皮，“你是不是要说，我于某年某月某日出生在——”

“马勒村！”苔丝接下了他的话，继续说道，“我在那里出生，在那里成长，在那里上了六年的学，村里的人都说我很聪明，将来能当一个好老师，那也是我一直以来的愿望。不过当我十七岁的时候，家里出了些麻烦事……”

他搂紧她：“亲爱的苔丝，这也没有什么啊！与我们的婚姻又有什么关系呢？”

“不！你听我说，后来我家里……”一想到那件事，她便喘不过气来，“我……发生了一件意想不到的事，我……”

“别着急，亲爱的，慢慢说。”

“我……我本来不姓德北，德北这个姓是大家叫白了，就这样错用了，我本姓德伯，还记得你刚才为我指的那处败落宅第吗？它的主人与我们本是一家，只是，现在我们都破败了，都成了被人讨厌的穷人了。”

“一个古老世家的子孙，呵呵，就是为了这个事而烦心吗？”

安琪眼带笑意。

> 一个无力的“是”字，充分体现出了苔丝的悲哀与无奈，在心爱的人面前，她实在无法说出那残酷的事实。【用语简练】

“是。”她变得很无力，已经无法再继续说下去了。

“傻瓜，就因为这点事儿，我怎么可能就不爱你了呢？”

“我以前听别人说，你讨厌古老的门第。”

他哈哈大笑：“在某方面来说，可能是这样，但亲爱的苔丝，你要知道，我讨厌的并不是贵族的血统，而是那种贵族的做派，那种不可一世、骄傲蛮横的丑陋模样。我觉得精神胜于一切，只要精神方面富足，出身并不重要。但是，苔丝，你今天所说的故事，我倒很感兴趣，你不觉得这其实很有意思吗？”

“我不觉得，对我来说，这很悲凉，尤其是在看到那一片残垣断壁和眼前这片山林田地之后，我更加觉得难过。”

“嗯，我能理解，但你要知道像你这样祖辈显赫，如今家道衰落的人也不是少数啊！像蕾蒂、玛莲她们兴许也是呢。哦，好了，苔丝，别再感伤了。”他拍了拍自己的脑门儿，“你说我之前怎么就没想到，你的姓和德伯那么相像，怎么就没想到其实是一家子呢？”

苔丝听着他在自己身边嘟嘟囔囔，还不时地傻笑两下，她突然觉得自己坦白的勇气完全消失了。如果此刻她道出实情，恐怕他会接受不了，会埋怨她为何不早说。出于自卫的本能，她选择了沉默。

“当然，”安琪还沉醉在自己的世界里，侃侃而谈，“如果你的祖先是纯粹的英格兰民族的穷苦大众，而不是那些自私自利、妄自尊大的少数贵族，我会更高兴的。不过，苔丝……”他边笑边说，“因为爱你，我竟然也变得自私起来，甚至开始喜欢起你那本来尊贵但现今破败的家族了。既然势利是现代人的通病，那么为了让你生活得更好一些，也为了让我的母亲能更喜欢你，我宁愿放弃自己的原则，把你培养成一个博学多才的女人，这样你做了我的太太后，别人会知道你是名门之后，会对你另眼相看的，从而也会更加祝福我们的婚姻了。哦，苔丝，从现在起，你不要再搞错自己的名字了，你本就应该姓德伯的。”

“我觉得还是我现在的这个姓好。”

“呵呵，小家伙，你知道吗？现在有很多暴发户想给自己安个名门的身世都难呢，我记得父亲曾经对我说过，在哪儿来着，有一家还冒姓德伯来着，他们家还有一个玩世不恭的年轻人，甚至侮辱过我父亲——哼！像这样的人，给自己冠上多么尊贵的姓，都会被人唾弃的！”

“我还是不要姓那个姓的好。”一听到“德伯”“玩世不恭”“年轻人”，她顿时慌了起来。

“好吧，等你嫁给我，什么德伯、德北的都不要了，到时就跟着我的姓啦！现在，你不会再拒绝我了吧？”

“如果你娶了我能快乐，如果你觉得非要娶我……”

“当然，亲爱的，非得娶你，必须娶你！”

“我是说，只有你觉得非我莫娶，不管我有什么问题，没有我就不行，只有那样，我觉得我才能……”

激动的语言突显出安琪在得知苔丝答应求婚后的激动与兴奋。【语言描写】

“你答应了！”他深呼一口气，“我知道你这就是答应了！你是我的人了！从此以后你就是我的人了！”

他紧紧地将苔丝搂在怀里，用颤抖的唇去吻她的脸。

苔丝泪如雨下，哽咽着说不出话来，浑身更是颤抖不已。

“哦，我亲爱的苔丝，你怎么哭了？”他睁大眼睛看着她，一向镇静的她这是怎么了？

“我也不知道，我——我可能是太高兴了，一想到能成为你的妻子，能让你开心，我就……”

“可看你哭的样子，也不像是高兴啊？”他侧头问道。

“我……我哭，还因为我曾经发过誓，至死也不嫁人，可如今，我违背了誓言。”

“那是因为你爱我啊，既然爱我，那就应该让我做你的丈夫啊！”

“是的……唉！有的时候，真恨不得世上没有我这个人！”

“小傻瓜，你一定是因为太年轻，遇到这样的事又太兴奋，所以才胡言乱语的。否则说这样的话，我可是要生气的。你要是真爱我，又怎么会舍得离开我呢？现在我倒是要问问你，你是真心爱我的吗？如果是真的，总应该有所表示吧？”

“天啊，我每时每刻都在想你，都在关注你，还有什么方法能比这还明显呢？”她紧紧地搂住他的脖子，满怀深情地亲吻她的爱人，那种浓浓的爱让安琪心神俱颤。

“现在，你还怀疑我吗？”她抬起头，一张脸被心中的激情涨得红红的。

“不了，不了，事实上，我从来就没有怀疑过你，我一直都相信你，真的！”他紧紧地搂住他的爱人。

雨依旧下着，马儿仿佛也被他们的爱情感染了，静静地在雨中漫步，两个相爱的人在帆布下紧紧拥抱，轻轻地诉说着彼此的心里话。

“我可以将这件事告诉我的母亲吗？”苔丝轻启双唇。

“傻瓜，当然可以啦。她住在哪儿？”

“就是我刚刚说过的那个马勒村，在布莱克摩山谷中，那是一个非常美丽的地方。”

“啊……我去过那里，我说怎么在第一次看到你时就觉得特别亲切，原来我早就见过你！”安琪恍然大悟地拍着自己的额头。

“是的，那次我们都在草场上跳舞！不过，你并没有和我一起跳。唉！希望这可不要是什么不祥的预兆才好！”苔丝的心头涌起不安……

此处回顾了两人曾在舞会上错失彼此以及苔丝因此想起了不安的往事，这些“不祥的预兆”为下文两人的悲惨结局埋下了伏笔。【埋下伏笔】

就在第二天，苔丝写了一封措词感人的信寄给母亲，在信中，她道出了自己对安琪浓浓的爱以及对未来深深的担忧。特别是那件一直让她纠结的往事，她恳请母亲能为她指明一条道路。

很快，她便收到了母亲的回信。母亲在信中千叮咛万嘱咐告诫苔丝不要犯傻，不要将曾经的苦难向安琪吐露半分。

苔丝紧紧捏着信纸，在房间里走了一圈又一圈儿。母亲那种容易知足、乐观豁达的精神，又一次体现在这封简短的回信中。在母亲那里，别人认为是天大的磨难，她也只是皱皱眉头，而那件将苔丝折磨得几近发疯的痛苦往事，母亲早已看淡，仿佛一切都不过是过眼云烟。

作者并未直接描写德北太太的性格，而是通过苔丝的所观所想，展示出她的母亲乐观、容易满足的性格特点。【侧面描写】

但不管怎样，母亲说的话还是很有道理的，安琪现在已经完全沉浸在爱情的甜蜜中，如果此刻将这件残忍的事情抖出，只怕他会受不了的。顾及他的感受，只字不提似乎是最好的办法了。

一直以来，母亲的话都能左右到苔丝的行动，现在母亲既然已经给她指明了道路，她的心情也就安定了许多，那个压在心头的重负似乎也卸下了不少。苔丝又找回了一些久违的轻松与快乐，她彻底沉浸在和安琪的爱恋之中，每天都幸福得飘飘欲仙，这是她生命中从未有过的体验。她对安琪的爱，几乎已经到了一种超然的境界。在她眼里，他具备一切优点，他不仅举止潇洒，眼神深邃，声音动听，弹得一手好琴，还具备导师、思想家所应有的一切学问，就像是一位圣人，也像是一个先知，总之她心中的他，身上处处都是闪光点，处处充满智慧，她五体投地地崇拜他，以至于因为自己能够爱他，近距离地接触他，而觉得自己都高贵了起来，甚至于她将安琪对她的爱当成了一种恩赐、一种同情、一种拯救。怀着这样的心情，她对他倾心相委。安琪也经常能够感受到苔丝用她那双漂亮的大眼睛满怀虔诚地望着自己，那双眸子深不见底，仿佛她看到的是圣灵一般。而安琪对苔丝的爱也是那般干净、纯正、无私，他能够控制自己，没有丝毫的冒犯与粗俗。他将苔丝捧在手心里，小心翼翼地呵护着，饱含着细腻与温柔。他的爱虽然浓烈，但更偏向于精神上的彼此满足，因而在他的浪漫多情中，苔丝渐渐忘掉了过去对男人的那种恐惧与厌恶，她全身的细胞都活跃了起来，爱也愈发热烈起来。

这段时间里，她不再掩饰自己的爱，从不像别的女人那样靠欲迎还拒、矫揉造作来吸引恋人，她是那样的自然、赤诚、坦率。草地上、大道旁、山坳里、小河边，到处都有着他们的影子；艳阳高照的晴日、淅淅沥沥的雨天、月朗风清的夜晚，到处可见他们手挽手在散步，他们已经成为牛奶场最亮丽的一道风景……

“草地上”“大道旁”“山坳里”“小河边”，“艳阳高照的晴日”“淅淅沥沥的雨天”“月朗风清的夜晚”，作者用了一系列排比来表现苔丝和安琪之间的那种浓浓的甜蜜爱恋。【排比修辞】

这天，苔丝在与安琪散步归来后，同室的三个姑娘都坐在床沿上，一脸凝重地看着她，仿佛在琢磨她、审视她。

“她一定又和克莱尔先生出去了，她一定要嫁给他了。”蕾蒂鼓着腮帮子说。

“真的吗？苔丝，你真的要嫁给他了吗？”另外一个姑娘问道。

“嗯！”苔丝点了点头。

“那你们打算什么时候结婚？”伊丝问。

“还没定最后的日子。”苔丝老老实实地答道。

她们接连站了起来，连鞋都忘了穿，晃晃悠悠地走到苔丝身旁，将苔丝团团围住。蕾蒂将双手紧紧地按在了苔丝的肩膀上，那力道可是不轻，苔丝不禁皱了下眉头；伊丝则伸出一只修长白皙的手，轻轻地抚摸着苔丝的脸，在光滑的面庞上来回打圈儿；另外一个姑娘玛莲伸出手打算去摸一下苔丝的头发，中间却又缩了回来，最后把嘴唇凑了上去，亲了一下苔丝的脸。

“紧紧地按”“轻轻地抚摸”“来回打圈儿”“伸出手”“却又缩了回来”“凑上去”……这一系列词语，生动地写出了三个女孩对苔丝的羡慕。【动作描写】

三个姑娘都像着了魔似的，死死地盯着苔丝，仿佛在怀疑坐在她们面前的人不是来自凡间。“你是在吻她，还是在吻她脸上某人留下的痕迹呢？”伊丝斜着眼睛看着玛莲问道。

“你可别想多了啊！我……只是从没想过他们会结婚，我一直以为我们只是私下里喜欢他罢了，我从来没想过我们之间真的会有人嫁给他。真的，从来没想过他会娶苔丝，不，是娶我们中间的任何一个，一个牛奶女工。”

“你们不恨我吗？”苔丝小心翼翼地问道。

“我不知道，我真的不知道，我是真的很想恨你，可是却又恨不起来！”

“我也是。”几个人几乎同声说道。

苔丝猛然起身推开她们，跑到橱柜前，趴在上面抽泣起来：“你们都比我好，他应该在你们中间选一个的……都比我好，真的，都比我好。”她情绪极为激动，泣不成声。

“她神经有点错乱了，可怜的孩子！”

女孩们走到她面前，纷纷将她抱住，好言宽慰着。

女孩们纷纷将苔丝抱住并宽慰，表现出了三个女孩善良的品质，即使她们的伙伴要嫁给她们最心爱的人，她们也不怨恨，反而能够理解和接受。【动作描写】

“别哭了，我们中间你最合适，他最喜欢你了，你比我们都漂亮，比我们都有气质，和他在一起之后，又懂了那么多学问，你应该高兴，感到骄傲才是。”

苔丝微微起了身，擦了擦脸上的眼泪，觉得自己的举动有点儿过了头：“对不起，我也不知道自己这是怎么了，我怎么会哭呢？真的很抱歉。”

大家将蜡烛熄灭，各怀心事地上床躺下了。

“苔丝，你和他结婚后，会忘了我们吗？还会想起我们一起挤牛奶，一起欢笑的日子吗？会和他说我们都偷偷喜欢他的事吗？”

“是啊，苔丝，会想到我们不愿嫉恨你，也恨不起来你的这个晚上吗？”

女孩们真诚的话语让苔丝百感交集。她将头扭过去，泪珠止不住地往下流，一会儿的工夫，枕头便被打湿了一大片。她既感动又惭愧，对女孩们不愿意嫉恨她的做法深怀感激，对她们比平时也更增添了几分浓浓的情义。同时又禁不住想起自己的身世……尽管让母亲说自己傻好了，她一定要将那件事完完整整地告诉安琪，她就是要傻到底了，她不能让自己心爱的安琪被蒙在鼓里，如果就此他会看不起她，那她也甘愿受罚。

在这种纠结中，苔丝迟迟定不下结婚的日子。转眼间，到了十一月份，尽管在这段时间里，安琪不厌其烦地问她、哄她，和她商量，但苔丝仍下不了最后的决定。她好想永远处在恋爱阶段，好想永远能与安琪甜蜜地相爱。

这段心理活动表现出苔丝对现在这种甜蜜的恋爱生活充满眷恋；对未来可能出现的变化充满不安。【心理描写】

克里克太太也经常创造机会，吩咐他们两个去做事，好让安琪和苔丝有单独接触的机会。

一天晚上，在送牛奶返回的路上，还是像往常一样，只有他们两个人。

“亲爱的，克里克和你说过吗？过一阵儿，这里就不需要这么多工人了。”

“啊？没有啊！我一点儿都不知道。”

“奶牛产奶的时间不多了。”

“嗯，好像是这样，前天送了三头母牛到干草院，昨天又送了六头，现在已经快有二十头在那里了。哦，老板是不是不需要我帮着照看小牛了？唉！这儿都要不需要我了，我却还那么卖力气！”

“不，他并没有直接说不要你了，只不过是非常委婉地问起我们什么时候结婚，是不是在我离开的时候也会把你带走？我当时问他，如果把你带走了，牛奶场怎么办？他说过一阵儿，他就用不了这么多的女工了，所以，你这次也是非走不可了。”他顿了顿，非常热烈地对苔丝说，“说实话，我觉得有些愧疚，但他让你走，我却又很高兴，这样一来，你就必须要考虑我们的未来了。”

“这有什么可高兴的，人家都不要我了，怎么也称不上是件值得开心庆贺的事啊，即使恰好对我们有利……”

“哈哈，你也承认这是对我们有利的啦，哈哈，你终于承认啦！”安琪打断了她的话，“咦？”他伸手摸了一下苔丝的脸颊。

“怎么了？上面有什么吗？”苔丝惊诧地问道。

“当然了，你的心思啊！都写在脸上呢，看你，脸都红了，哈哈！”

安琪兴致勃勃地开着玩笑，可苔丝却一脸凝重。她正在想，如果她听从理智，放弃这段感情，毅然离开他，离开牛奶场，那么在这样的冬季里，她将很难找到挤牛奶这样的工作，而很有可能去一处农场种庄稼了。而在农场，她便再也看不到像安琪这般完美的人了。可如果不去农场，让她回到家中，她更是百般不愿。

“好了，不开玩笑了。亲爱的，不管你愿不愿意，你都要离开这儿，那为什么不和我走呢？再说了，我们也不能永远这样啊，早晚是要结婚的啊！”

“可我宁愿这样，我宁愿永远是夏天和秋天，宁愿我们就这样永远地相恋下去。”

“当然，我们当然会永远相恋。这一辈子，我只爱你一个啊！”安琪的眼睛里放出耀眼的光芒。

> 连着两个“我知道”和两个“嫁给你”，生动地道出了苔丝的心声，在矛盾纠结了那么长的时间后，她终于打开心扉来迎接安琪了。【语言描写】

“哦，我知道，我知道，你会的，好的，我嫁给你，我真的决定嫁给你了！”

苔丝大声地说出了自己的心声，那个她百般压抑却在这一瞬间彻底爆发的心中夙愿。

就这样，在这个月朗风清的夜晚，在潺潺溪流边，他们终于定下了婚期。

·品读与欣赏·

在安琪锲而不舍的追求下，苔丝终于答应了他的求婚。虽然中间的过程让苔丝无比的矛盾痛苦，但对安琪的爱最终战胜了一切。此时，苔丝已经无法顾及其他的事情了，只要能与安琪在一起，她做什么都心甘情愿。本章中穿插了大量的对话描写，从对话中我们可以看出苔丝的纠结与痛苦、安琪的单纯与热情。

·学习与借鉴·

1.暗示下文：作者将两人定下“终身大事”的情节设置在连绵不绝的雨中，隐隐暗示出两个人的婚姻将遭遇挫折、困难。

2.语言描写：文中安琪的语言充满热情，也充满对未来生活的期待；而苔丝则流露出犹豫及对未来的忐忑不安。比如在本章最后，当苔丝也不得不承认克里克让她离开牛奶场对她和安琪有利时，安琪说的话爽朗又充满喜悦，而苔丝却依然忧心忡忡。

第十章 真相大白

安琪和苔丝将定下婚期的消息告诉了克里克夫妇，并嘱咐夫妇俩不要对外声张。对于婚礼，他们并不打算讲究排场。

结婚前的一个礼拜，安琪带着苔丝去附近的城里游玩，同时顺便买些东西。这是他俩第一次一起去买今后生活所用的东西，两个人都兴奋不已。因为这天恰好是圣诞节前夕，所以街上到处都是圣诞树和附近乡村前来赶集的路人。苔丝和安琪穿插在人群中，俊男靓女的外形吸引了不少陌生人的目光。

夕阳西下，他们回到了旅店，苔丝站在门口等着安琪将马车安顿好。门口出出入入的都是异乡客，门内的灯光随着门的关关合合，闪烁不停。这时，有两个男人从她身边经过，其中的一个人突然停下身来，从头到脚地将苔丝打量了一番，并露出惊异的目光。苔丝察觉到了这股不寻常的气息，不禁向门口更靠里一点儿的地方缩了缩，凭直觉，她觉得这个人应该是特兰岭人，尽管那里距离此地还有好一段路程。

“这丫头长得可真漂亮！”另外一个人察觉到了同伴的异样，也转过头来瞧着苔丝。

"是啊，漂亮是漂亮，不过，如果我没认错的话，她……"一些不堪入耳的话从他的口中说出。

此时，安琪恰好从马棚里出来，一听到这些胡话，又看到苔丝受惊的样子，不禁气不打一处来，他连想都没想，上去就是狠狠地一拳将那人打倒。

那个人爬起来站稳了脚，本想扑过来与安琪对打，可看见安琪的架势，又改变了主意，他重新看了看苔丝，然后对安琪说："对不起，先生，是我弄错了，她只不过是和我认识的另一个女人长得比较相像而已。"

安琪也觉得自己有些过于莽撞了，急忙向他道歉，并给了那人五先令钱算做赔偿，然后，各自离开了。

"刚才真的认错了啊？"另外一个人看着苔丝和安琪的马车背影问道。

"哪有，我只不过是不想让那位年轻人伤心罢了。"

而此时，那对幸福的情侣驾着马车正行驶在路上。

"我觉得我们可以把婚礼推迟一些，如果可以的话。"苔丝面无表情地坐在马车上。

"那可不行，亲爱的。难道你是怕那小子回去之后反过来告我的状？"他开着玩笑。

"不，不，我只是……我只是随便问问，看能不能推迟。"

她其实也不知道自己究竟该怎么办，在见到那个人之后，她整个人都是胆战心惊的。"我得离开这儿，走得越远越好，我不能让今天的事再发生，不能让过去的阴影一直缠着我，伴随我。”她一遍一遍地对自己默默地说。

他们回到了牛奶场，各自回屋睡觉，但苔丝却迟迟无法入睡。她突然听到楼上安琪的房间里传来“砰，砰”的声音，好像有人打架似的，“不会是安琪发生什么事情了吧？”她连忙跑到楼上去敲他的房门，慌忙中连鞋子都忘记了穿。

“哦，对不起，亲爱的，我没事。说起来真是不好意思，我刚才睡着了，又梦见欺负你的那个家伙了，我用拳头一个劲儿地打他，其实连我自己都不知道，我打的竟然是旅行包。哈哈，好了，快去睡吧，别多想了，我没事的，放心吧！”

她心中的最后一根稻草被压倒了，看见安琪对她的真情，她觉得无法再欺骗他，她必须将所有的事情如实道出。她无法看着安琪的眼睛讲出这一切，于是，她选择用写信的方式，将几年前发生的事情和盘托出，然后她光着脚，将写有“克莱尔先生亲启”的信偷偷地从他的门底下塞了进去。

苔丝睁着那双美丽而忧愁的大眼睛一夜未眠……不知过了多久，她听到楼上传来一阵微弱的响声，原来已经清晨了，他起床了，像平时一样下楼了，她也赶紧起床，走下楼去。在楼梯下，她惴惴不安地看着他走向她，亲吻她，他竟然亲吻她，和以前一样热情！

她小心翼翼地观察着，揣摩着，关于那封信，安琪始终没有说什么，即使是没有其他任何人在场的情况下，也未提及。仍旧像以前那样爱她、关心她、呵护她。不会是他没有看到吧？除非安琪先提起，否则苔丝实在无法鼓起勇气再次说起这个话题。就这样，让苔丝如坐针毡的一天过去了，她想着种种可能，莫非她这些日子以来的担心都是多余的？他所爱的只是她这个人，以前的事情都不计较？或许看到她这样的担忧，这样的心神不宁，他只觉得是种可爱的表现呢。苔丝迷惑不解，她偷偷地走进安琪的房间，她并没有找到那封信。或许他真的已经原谅她、理解她了，她忽然热血沸腾，对他产生了更加热烈的爱与信任，他一定已经宽恕她了！

清晨、午时、傍晚，安琪始终都是那副样子。转眼间，平安夜到了，这是他们早就定下的婚期。

太阳刚刚升起，他们走下楼来吃早餐，他们惊喜地看到，原来有些简陋的厨房都被老板和工友们布置得干净而又喜庆。墙壁被刷得雪白，窗帘也由暗蓝色的棉布换成了非常耀眼的黄色丝绸，就连砖炉也被漆成红色，整个屋子温馨极了。

"打从知道你们定在今天结婚后，我就一直在想该怎么准备的问题，想着一定要为你们好好庆贺一下，应该去请一个乐队，好好热闹一番，但是后来又知道了你们不喜欢太过张扬，于是就想了这么个方式，这样安静温馨的方式也挺好的。"在婚前最后一周给了他们贵宾一般待遇的克里克老板兴奋地说着，而安琪和苔丝也因老板和工友们的热心而感动不已。

这天，无论是苔丝的家人，还是安琪的家人，都没有到场。苔丝的家人是因为路途遥远，很不方便，并且事实上苔丝也并未邀请马勒村的任何人。而安琪的亲人呢？早在婚期定下时，安琪便写了一封措辞恳切的信，希望家里的人能够前来祝福他们。但事与愿违，他的两个哥哥根本就没回信，可能是正为安琪的决定而感觉气愤呢。父母还好，总算回了信，但信上的内容却没有一丝喜庆的色彩，只是说为他如此匆忙的决定而感到遗憾，并且自嘲地说，儿子已经成熟得能够自己把握命运了，挤牛奶的也好，还是其他的什么人也好，总之不再需要他们操心了。

对此，乐观的安琪并未感到难过和苦恼，他觉得自己只要把苔丝领回去，家人们就一定会非常满意。他打算结婚后先带着苔丝四处走一走，教她更多的知识，让她多长长见识，然后再回家拜见父母。到那时，德伯家族的后裔身份加上温和优雅的举止，一定会让家人们欢喜异常。

苔丝坐在餐桌前，心绪不宁。这些日子以来，安琪对她一如往昔，丝毫没有任何变化。她渐渐觉得有些不对头，无论怎样，他都应该有所表现的，她不禁怀疑起他是否真的看到了信。这种想法变得越来越强烈，以至于还没等到早饭结束，她便离开餐厅偷偷地摸到安琪的房间。屋子没有锁，半开着，她伫立在门口，仔细搜索着，突然她好像想到了什么，她将身子蹲下，在门槛的边缘摸索着，几天前，她便是从这儿把信哆哆嗦嗦地塞进去的。果不其然，在门槛边地毯下，她摸到了那封写有“克莱尔先生亲启”的信。原来，她在匆忙之中塞到地毯下面去了，安琪，真的压根就没有看到这封信。

她的眼前一片漆黑，一只手捏着信，另一只手摸索着，扶墙站了起来。那封信和前几天一样，原封不动，然而现在的她却再也没有勇气让安琪看到它了，因为婚礼马上就要举行了。她迷迷糊糊地下了楼，回到自己的房间，把信烧了。

在楼梯上，苔丝又遇到了安琪。此时，大伙儿都在跑来跑去地为他们俩忙活着，为婚礼进行着最后的准备。安琪见苔丝满面愁容，脸色极为苍白，不禁有些担心起来。

“怎么了？苔丝？”他轻声问道。

“我要和你谈一谈，现在，就现在，我要告诉你一些事情，有关我的罪过。”她焦急地说。

“哦，亲爱的，这会儿我们可不能再提什么罪过之类的话了，今天，你是最完美的新娘。你现在只是太紧张了，等婚礼结束后，我们有很多时间来谈论彼此，我也会将自己的罪过都告诉你的。”

“可是……”

“没有可是，好啦，快回去换衣服吧，有什么事以后再说。今天是我们的好日子，别说扫兴的话，等结婚后无聊的时候，也许那些事还会成为我们生活中的佐料呢。”他欢快地说。

安琪的话让她放下一点儿负担。工友们已经在下面叫他们了，他们马上就得换好衣服动身了。在随后的一天时间里，她长久以来的愿望占据了上风，她终于可以做他的妻子了！这一刻，对安琪汹涌的爱意席卷着她，冲击着她，使她想不到别的什么了。为了这一刻的幸福，哪怕今后是让她去牺牲性命也在所不惜。

他们上了一辆轿式马车前往教堂，同车的还有克里克夫妇。苔丝紧紧依偎在安琪的身边，仿佛一直飘在空中，她不知道走的是哪条道路，不知道还有哪些人在车上。在她眼中，除了安琪，她已经感觉不到其他的任何东西了。

教堂里，稀稀拉拉地只有十几个人，都是他们在牛奶场的工友。不过对于他们来说，有多少人在场都无所谓，此时他们的眼中只有对方了。当他们彼此宣誓时，都表现出了一种异常的庄严，从他们的眼中似乎都能看到一些闪闪烁烁的光亮。结婚仪式结束的时候，苔丝将身子靠向安琪，这一举动完全是下意识的，她仿佛是在确认，此时的自己是在现实之中，安琪真的就在自己的身旁！

婚礼结束了，他们马上就准备离开牛奶场了。安琪早已租下一所古老的农舍，在那里，他准备学习一些有关面粉加工的技艺。

牛奶场里的工人们站成一排，为他们送行，克里克老板夫妇特意送他们走到了门口。苔丝回过头，看见伊丝、蕾蒂和玛莲三个姑娘都靠墙而立，耷拉着脑袋，一个脸色憔悴；一个神色茫然；而另一个正眼含热泪。

她突然间涌起一股冲动，在自己丈夫的耳边轻声说道："你去吻一下她们，好吗？就算是临行之吻！"

安琪没有细想便走到她们面前，在每个人的脸上都贴了一下，说了几句"再见"之类的话。然而恐怕连苔丝也没有想到，这种出于友谊和关爱的吻别非但没有让姑娘们欢喜雀跃，反而勾起了一种强压在内心深处的感伤。

安琪转过身，走向苔丝，并在门口与克里克夫妇握手，感谢他们这么长时间以来的照顾。之后，他俩上了马车，正式启程。此时，牛奶场里静悄悄的，大家都一声不吭地看着他们……突然，一声鸡叫打破了四周的静谧，大家应声望去，原来是一只长着大红冠子的白公鸡飞到了栅栏上，就在离他们不远的地方，鸣叫了一声，那声音高亢有力，直入人心；那声音回荡在深谷中，响亮悠长。

“下午鸡叫可是不吉利的预兆啊！”一个工人悄悄地说，虽然声音很低，但是在一片寂静之中，仍旧被许多人听到了。

公鸡飞到安琪身边，直对着他，又鸣叫起来。

苔丝向后退了一步：“这只公鸡真讨厌！快走吧！”

公鸡又伸长脖子，仿佛在叫嚣一般，又开始叫了。

老板克里克被公鸡激怒了，转身去赶它：“滚，滚得远远的，否则我把你的脖子扭断！”

等到苔丝他们都走远了，他回身轻轻地对妻子说：“别说，这可真是件怪事儿，我还从来没有听到过公鸡在下午鸣叫的呢！”

“别瞎想了，可能是天气要变了呢！不会像他们所说的那样的，不会的！”

在人们的疑惑中，牛奶场逐渐恢复了平静……

马车沿着平坦的道路向前方走去。苔丝坐在车上，还在为刚才的鸡鸣而心惊不已。在走了几英里后，他们来到了一个小村落，这里有一座伊丽莎白时代修建的古桥，而村名中的桥字便源自于此。在古桥的后面，便是他们早早租下的那所农舍。它曾是一所豪华的庄园，如今已经随着家族的衰落而变得简陋了，而那个传说中的家族，正是苔丝的祖先——古老的德伯氏家族。

尽管他们只租了这所农舍的两间屋子，但房东却趁着他们新婚的这段时间去走访亲戚了，所以今天这里只有他们两个人，这把他们给高兴坏了，要知道这还是他们第一次享受到两人独居的快乐呢。

刚到这里，他们就收到来自爱敏斯特的一个精致的小盒子，原来是安琪的教母送来了结婚礼物。打开盒子，里面装满了闪闪发光的首饰。苔丝半信半疑地问道："这些都是要给我的吗？"

"不给你，还会给谁呢？"安琪笑着答道，他想起教母以前总是说他以后会飞黄腾达，坚持要等到他结婚的时候送上珍贵的礼物，而此刻用这些项链、镯子来装扮美丽的德伯氏后裔——苔丝，似乎再恰当不过了。

"亲爱的，快把这些首饰戴上。"他兴奋地要帮忙。

而苔丝自己也被眼前的首饰吸引着，逐个戴上了它们。

"真漂亮，要是换一件领口低一些的衣服会更漂亮。"安琪显得兴致勃勃，伸过手来将苔丝的上衣领拉扯了几下，弄成好像礼服的感觉，如此一来，项链就更清晰地显露在她雪白的皮肤上，映衬得整个人都更加光彩夺目。

"我美丽的妻子啊！"安琪不禁脱口赞叹道，美丽的苔丝在他的眼里已经变成了精美的艺术品。

"哦，亲爱的，你现在要是出现在舞会上，一定会引起所有人的赞叹！你知道吗？你真是太完美了！你绝对配得上这些珍贵的礼物，不过让我想想，我似乎更喜欢你平时朴素的样子，那是一种更自然的美丽。”

苔丝的脸上浮上一抹红晕，她被自己的丈夫说得有点害羞了，“我还是摘下来吧，别人要是看见了会笑话我的，这么贵重的东西我戴着不合适，还不如卖掉了。”

“卖掉它们会辜负教母的美意的，它们还是戴在你身上最合适。”

苔丝没再争辩，和安琪一起坐了下来，一边吃饭一边等待着帮他们运送行李的乔纳森的到来。饭还没有吃完，壁炉里的烟猛地一颤，一股本来要向外散去的烟又被堵了回来，原来是有人打开了外面的房门，安琪忙起身走了出去。

“我敲了半天门都没人答应，所以我只好自己闯了进来，外面的雨可真是不小，快看看你们的行李怎么样了吧？”终于赶到的乔纳森有些歉意地解释着。

“你是来得有点儿晚，不过看到这些行李，可以原谅你。”

“是的，先生，真对不起！”乔纳森的声音里透着一股焦虑，额头上的皱纹似乎也比平时多了几道。

“今天，在你和你的太太走后，牛奶场里发生了一件大事，把我们都给急坏了，你们还记得下午鸡叫吧？”

“是啊，记得，到底发生什么事了？”

“鸡一叫，大家都嚷着要出事，可是没有人会想到祸事竟然降临在蕾蒂身上，她……她竟然投河自尽了。”

“啊？怎么会？今天下午我们走的时候她还好好的啊！”

“说得是啊！当你们两位坐车离开后，蕾蒂和玛莲也紧跟着离开了，恰巧今天大家多喝了几杯酒，也就没谁留意她们俩。她们先是在路艾佛拉德的酒馆里喝了几杯，然后又赶到屈武十字碑并在那儿分道扬镳，蕾蒂似乎是朝家的方向去了，而玛莲则是前往另一个村庄。这以后就没有谁再见过蕾蒂了，直到有个船工无意间在池塘边发现了她的帽子和围巾，才最终在池塘里捞起了奄奄一息的她。万幸的是，她没有送命，而是渐渐有些苏醒了。”

安琪突然意识到苔丝不适合听到蕾蒂悲惨的遭遇，于是连忙起身想要去关上通往里面房间的门，但他晚到了一步，苔丝已经走了进来，听着乔纳森的讲述，眼神飘忽地看着行李，那上面的雨水晶莹剔透。

“更没人能想到玛莲也出了事呀！她像个死人似的躺在乱草丛中，没人知道她到底喝了多少酒，这些姑娘们啊，到底都怎么了呢？”

“伊丝怎么样？有没有事？”苔丝幽幽地问着。

“她还好吧，和平时差不多，安静地呆在家里，不过她也不太舒服，她还说她知道蕾蒂和玛莲为什么做傻事。唉！就是这些事，都耽误了我给你们运送行李的时间，真是对不起。”

“没关系的，乔纳森，你把行李送来就好了，过来喝杯酒，然后尽早回去吧，那有好多事需要你帮忙呢。”

苔丝回到了里屋，呆呆地望着壁炉里一闪一闪的火苗，耳边传来乔纳森道别感谢的声音，不一会儿，安琪也来到了她的身边，他在身后伸过手来抚摸苔丝的脸颊，希望能将快乐传递给她，但苔丝依旧呆呆地望着壁炉，默不作声。

“听到她们的遭遇，我也很不好受。但你也知道，蕾蒂的性情本来就有些古怪。”

“她那么做真的很傻，很不值得。但是你知道吗？真的有人应该那么做，但这个人却总是在装模作样。”

苔丝无法摆脱这件事对自己的困扰，她觉得那些天真的姑娘们太可怜了，不幸不应该降临到她们身上，上天应该惩罚的恰恰是她自己，她没有付出什么却轻而易举地获得了别人羡慕的一切，这太不公平了！她应该为此付出代价，不能再装做无事人一样了，她应该把一切都讲出来，讲给面前的这个男人知道。

“你还记得今天清晨，我们说要谈谈自己做过的错事吗？”安琪突然打破了沉默，“其实我不是随便说说的，我真的需要对你坦白一些事情，因为你是我的妻子，我需要你的原谅。”

苔丝觉得很有意思，本来是自己想要说的话突然从安琪的嘴中说出来。

“你要告诉我什么呢？”她的语气里几乎是带着期待的。

“你一向把我看得都太好了，亲爱的，你一定不会想到的，来，让我搂住你，我要请求你的饶恕，请你原谅我现在才告诉你。”

这一切真的很奇怪，苔丝觉得此刻的安琪好像变成了自己，她没有回应，继续听着。

“我真的很害怕失去你，失去我生命中最宝贵的你，所以我一直没有告诉你，其实在你答应做我的妻子的时候我就应该和盘托出，但我真的很害怕你会就此离开我，后来也曾几次鼓起勇气，但最终还是没有说出口，每每想到这些，真觉得自己罪孽深重。今天晚上，看到你如此沉静地坐在这里，我知道我必须要讲出来了，我要诚心地乞求你的宽恕。”

“哦，亲爱的，你放心……”

“谢谢你，真希望你能原谅我。不过你还是应该先听我说，我还是一点一点告诉你吧。亲爱的，我和你一样，信仰一切美好纯洁的道德品质。但是我却走错了一步，先行堕落了，这真是件让人万分后悔的事情啊……”安琪缓缓地道出自己过去生活中的一段荒唐经历。原来他在伦敦游荡时曾经穷困潦倒、失魂落魄，迷茫中竟跟一个以前从未见过的浪荡女人鬼混了几天。“万幸的是，我很快就意识到这是十分错误的，自己简直就是个大傻瓜！”他接着说道，“我立刻和她断了关系，返回家乡，从那以后，我再也没有放纵过自己。苔丝，你能原谅我吗？我把这件荒唐事告诉了你，就是真心希望得到你的饶恕。”

苔丝握紧了他的手，用动作代替了回答。

“那么这件事就永远过去了，我们再也不提这些不开心的事了，因为这太让人难受了，我们要找点儿轻松的事。”

“哦，亲爱的，我真的很高兴听到你向我坦白，因为这意味着你也可能原谅我了。我现在也要向你讲述我的过去，记得吗？我也有话要对你说啊！”

"哈哈，你这个小笨蛋，那就说吧，你能有什么事啊？"

"你不要笑，这件事可能比你的事还要严重一些呢。"

"我的苔丝，没有什么比那个更严重的了。"

"没有……对，没有别的更严重的了。"她几乎快乐地要跳起来，"当然没有别的更严重的了，这几乎就是一样的事，让我来告诉你吧。"

两个人的手紧紧地握在一起，似乎永不分离。此时炉中的灰烬冒着热气，像是一大片被太阳烤过的原野。那炉火的光泽投射到两个人的身上，形成暗红的光晕，远远望去，有种末日要来临般的诡异，特别是苔丝脖子上的那串项链，一闪一闪，好像癞蛤蟆眨着眼睛似的。苔丝低垂着眼，压低了声音，将自己和亚雷克·德伯之间的那段不堪回首的记忆一一道来。

·品读与欣赏·

在本章中，两位有情人终于结婚了，但事情却远远不如想象的那样顺利。旅店门口的斗殴、安琪的梦游、苔丝信件的错放、婚礼当天的鸡叫，以及三个姑娘的异常行为，都为他们的婚姻埋下了挥之不去的阴影。作者运用这一系列的伏笔都是在向读者昭示：他们的感情并不平静，这场婚姻最终将以悲剧收场。

·学习与借鉴·

1.构思巧妙：本章情节跌宕起伏，安琪的诡异梦游、苔丝的错放信件都让读者跟着担心一场，而两个人相仿的经历更是出人意料。

2.运用伏笔：婚礼现场公鸡的鸣叫在喜庆的气氛中让人感到一阵寒意，再加上之前旅店门口发生的斗殴事件，都不禁让读者感到会有不好的事情要发生，也不免为他们的婚姻捏了一把冷汗。

第十一章　世界开始改变

苔丝平静地讲完了。壁炉里的火苗变得飘忽不定，好像在调戏着炉栏，而炉栏却是一副事不关己的模样，悠哉地立在那里任凭炉火的舔舐。桌上盛水的瓶子在火光的映照下忽明忽暗，似乎这种变化才是它此刻最在意的事情，至于这个世界上的其他任何改变都与它无关。而这个世界变了吗？也许看起来还是原来的那个世界，但有些东西却不复存在了。

火苗调戏炉栏、炉栏悠哉而立、盛水瓶子只对明暗变化有兴趣，这些没有生命的物体都被赋予了人的情感，语言十分精妙，更加突显出苔丝此时的无助。【拟人修辞】

安琪做出了一个没有什么意义的举动——拨弄炉火，他似乎在等待苔丝的这番讲述缓缓行至心底才能感觉到它的真实性，但他的脸色已经黯淡了许多。他站起身走来走去，好像要将凝滞的空气拨弄开，他终于站住了，开始说话了，但声音却少了很多美妙的变化，显得很生涩。

"苔丝！"

"哦，我在这儿。"

"苔丝，你说了些什么？你神经错乱了吗？哦，我多么希望我面前的这个女人神经错乱了，但现在的你却安然无恙。这……这是真实的吗？”

“哦，我亲爱的……”

“你为什么现在才说出来？为什么不早说？哦，我想起来了，你一直有话要说，对吧？对，你一直有话要说，可……可我却没有让你说出来。”

安琪木然地将自己挪到一把椅子上，苔丝跟了过去，跪了下来，转而又瘫倒在地上。

安琪的“挪”，苔丝的“跟”“跪”“瘫倒”，这一系列的动作都反映出在苔丝坦白过去后，两个人都遭受了巨大的打击。【动作描写】

“我们深爱着彼此，你就不能原谅我吗？你也做过错事呀，我真的已经不放在心上了。”她感到口干舌燥，但还是费力地说出这番话，可安琪并没有回应。

“亲爱的，原谅我好吗？像我原谅了你一样地原谅我吧！”

“你？是的，你已经原谅了我。”

“那你就不能原谅我吗？”

“哦，这根本就不是一回事啊！你知道吗？你已经彻底变成另外一个人了，天啊，这让我怎么能够原谅啊！”他突然发狂地大笑起来，那笑声好像来自地狱，不禁让人毛骨悚然。

“亲爱的，求求你，不要这样笑，你这简直是要杀了我呀！啊，我求求你发发善心吧！”

安琪不再说话，苔丝再也忍不住了，跳起来嚷道：“你难道不明白你的笑声是多么阴森恐怖吗？”而安琪只是摇了摇头，苔丝接着说：“安琪，你难道不知道我一直以来的愿望都是要让你得到幸福吗？我是多么想让自己成为你的好妻子啊！”

“你说的这些，我了解。”

“我一直都这样告诉自己——你是爱我的！全心全意地爱着我！可是你如果真的爱我，又怎么会变得这么快？你真的把我吓到了。对于我自己来说，我是真的爱着你，无论发生什么事，我都不会放弃你，因为我爱的就是你，完完整整的你！可是我的安琪啊，你为什么会变得这么快呢？”

“我只能说，我爱的并不是你！”

“那你爱的又能是谁呢？”

“另外有个女人，和你长得非常相像，简直就像一个人。”

通过苔丝脸色、嘴型的变化生动地表现出她极度失望的心情。【神态描写】

苔丝的脸上失去了血色，那张还想说些什么的嘴巴变成了一个黑漆漆的洞口，她感觉末日似乎来到了，她快要支撑不住自己的身体了。

“你坐下来吧，坐下，你已经快要晕倒了。”

她果真坐了下来，却搞不清自己坐在何处，她突然抓住安琪问道：“安琪，我还是你的妻子吗？”她好像溺水的人想拼命抓住最后一根稻草一样，但转瞬间她又喃喃道：“哦，对，你说过了，你爱的是另一个和我长得一样的女人！”想到这里，泪水再也控制不住了。

安琪看到她这般模样，心里反倒舒服了一些，似乎苔丝的这个样子能够抵消他心里的痛苦似的，他就静静地看着苔丝，看着她哭泣。

渐渐地，他们走出了这间屋子，在外面继续无聊地走着，走过磨坊，走过寺院，走过石桥，最终苔丝一个人又折回到屋里，而此时炉火依旧燃烧，为寂静的四周留下些许光亮。

苔丝走进了卧室，呆呆地坐到了床上，动手脱下自己的衣服，突然她发现白色帐顶上好像挂了什么东西，端起蜡烛，照亮细瞧，原来是一丛槲寄生，她猛然间想起安琪在收拾行李时曾打点过一个神秘的包裹，当时她问那是什么？安琪告诉她到时自然就知道了。那时的安琪是多么地爱她啊！舍不得她受到半点伤害，可如今？如今连这一丛槲寄生都变得呆傻可笑了，苔丝觉得自己已经彻底失去安琪的爱了，那么这个世界似乎也就没有什么能让她更恐惧的了。她麻木哀伤地迎接到了睡意，在这间曾经属于她那显赫祖先的房间里，苔丝进入了一个比平常还要安稳些的梦乡。

过了很久，安琪才回来，他没有进入卧室，而是睡在了沙发上。他木然地躺在那儿，感到人生变幻无常，曾经的苔丝在他心里是完美无瑕的，而现在他却觉得人的内心和外表是无法统一的。他在不停地琢磨中无精打采地睡着了，夜色吞噬了一切，自然也吞噬了所有人的幸福。

> 通过安琪的心理活动，我们可以看出苔丝的过去对他的打击非常大，可以说已经改变了他的世界观、人生观。【心理描写】

天还没有完全放亮，安琪便起床了。眼前的炉火早已熄灭，只剩下一堆灰烬，连一丝热气都没有留下。四周空无一人，楼上也没有任何声音，这种寂静让人很不舒服。安琪在屋后找到一些干柴，生起了炉火，很快他就做好了早餐，要知道他在牛奶场里的做工经验丰富，这些家务活干起来是得心应手的。炉火燃烧，送出缕缕炊烟，远远望去，好像精雕细刻的柱子，外人要是打这儿经过，一定会羡慕起这一幅新婚燕尔图。

将炊烟比喻成精美的柱子，将居家生活比喻成美丽的图画，这一切都生动地表现出这个清晨的平和、温馨，让人不禁对他们的未来充满期待。【比喻修辞】

安琪在楼梯口处平静地喊了一声："该吃早饭了。"然后便走到外面去享受新鲜的晨光，当他返回时，苔丝已经穿戴整齐地坐在餐桌旁木然地摆弄着自己的刀叉，而这段时间间隔不到五分钟，可以想见苔丝早已经起床，只是迟迟没有走下楼罢了。她穿着一件浅蓝色带有白边装饰的新衣服，头发自然地挽在脑后，虽然她在没有生火的卧室里等待得手脚都有些冰凉，但安琪的那一声召唤似乎激起了她的一线希望，但当她看到他的眼睛时，她知道这希望不过是一个幻影。

两个人坐在餐桌上，好似陌生人一样客气。看到安琪冷淡的样子，苔丝也保持着应有的距离。一对原本深爱彼此的夫妻，就这样从感情的波峰一下跌倒了波谷，原有的爱恋与甜蜜全都消失殆尽，在强烈的痛楚过后，现在只剩下了麻木。

曾经"帅气的面孔"如今成了"没有表情的空壳"，前后对比，反差巨大，从中表现出安琪经受了很多内心的折磨。【对比修辞】

苔丝呆呆地盯着安琪，曾几何时，那

张帅气的面孔每当见到她，都是那样的春风满面。然而现在，它已经成为了一个空壳，没有任何表情的空壳……

就这样又熬过了一两天。看见平时温和的安琪在对待这件事的态度上竟如此顽固，苔丝的心也开始变冷，她已经不再乞求安琪的宽恕和理解了。白天她把自己关在屋子里，尽可能地避免与安琪碰面，悔恨和羞愧曾促使她多次下定决心想偷偷地离开这里，但对安琪的一丝眷恋又让她打消了这一念头。她不能就这样出走，如果她就这样走了，会带来许许多多的流言蜚语，那样他受到的伤害与耻辱就更大了。

仅仅三天，安琪便消瘦了许多，他一直处于矛盾纠结之中，食不知味，夜不能寐，原有的自信乐观瞬间被打击得荡然无存。在他心里，苔丝一直都是一块纯洁得没有任何瑕疵的美玉，可事实似乎证明了他的爱情太虚幻，太不切实际了。他一直在思考，努力地思考，尽管他根本什么都想不下去，“怎么会这样？现在怎么办——怎么办？”他一直在不停地问着自己。

这段心理活动表现出安琪对两人的现状感到茫然、无力。【心理描写】

看见他如此痛苦，苔丝也实在忍不住了，她来到安琪的房门口：“安琪，事到如今，无论我再说多少抱歉之类的话也是多余的了，我想你已经不可能再接受我了。既然如此，我决定离开，不再让你为难。”她强忍着眼中的泪水，装出一份坚强的样子。

“我也不知道该说什么，如果就这样和你生活，我——我真的无法过自己这关，我会看不起自己，更怕会瞧不起你！”安琪抱着头，没有看苔丝的眼睛，“但如果你就这样离开了，那你今后怎么办呢？”

“我可以回马勒村，回到我妈妈那里，既然我们已经无法再继续生活下去了，我也不能再赖在你身边，早做决定比晚做决定要好。”

“那样行吗？你愿意回那儿去吗？”

“我可以的，我想这是最好的办法了，我不能让你委曲求全地接受我，然后又极度地厌恶我，甚至于到未来，我的子女在知道了我的那一段往事后，也可能瞧不起我。我——我不想看到那一天！我决定了，我明天就走！”

“既然这样，那——好吧，先让我们彼此冷静一段时间，也许随着时间的流逝，我们——会想明白，也可能会再次走在一起，我——我这个人就是这样，当离得远的时候，反而——反而会想起对方的好来。”他语无伦次，“你走之后，我也不会再待在这里了，让我好好想想——我想我会给你写信的。”

苔丝心里仿佛被什么东西重重地击了一下，虽然这早已是她预料的结果，可一旦这种预料变成了现实，她还是有些不能接受。她死死地盯着她的丈夫，这个她深爱的男人啊，竟是那样的固执！

他们最后决定第二天清晨就离开这个伤心地。三天前，他们是那样的甜蜜，而如今却满心伤痕。尽管他们都装出比较轻松，还能后会有期的样子，可事实上连他们自己都不知道，这一别是否还能再见。

夜晚，带着沉重的心情收拾好行囊，苔丝久久不能入睡。她的脑海里总是能浮现出白天安琪和自己谈到分手时的模样。那时的他脸色苍白，浑身颤抖。“他还会有一点点爱我吗？对我还会有一点点留恋吗？”苔丝不敢想。漫长的黑夜就这样一点点过去。不知到了午夜几点，苔丝听到了在这个古老的德伯氏的宅子中，响起了一种“嘎吱嘎吱”的响声，这种响声在寂静的夜晚里显得特别清晰。响声越来越大，一点一点地接近苔丝的房间，紧接着，苔丝的房门被打开了。

> 作者抓住了深夜古宅里突然出现的响声，并对这一细节进行了着力刻画，突显出这个夜晚四周环境的诡异。【细节描写】

原来——是她的丈夫！苔丝一阵惊喜，差点从床上坐起来，“他已经原谅自己了！”苔丝心里涌起无限希望，但当她看到丈夫那双呆滞、没有焦距的双眼时，她惊喜的表情瞬间凝固了。她的丈夫，光着脚，身上只穿着衬衫和长裤，嘴里正嘟嘟囔囔：“死了！死了！死了……”

> 通过对人物眼睛、衣着、神态等方面的描写，生动刻画了梦游中的安琪形象，让人不禁心生怜悯。【人物刻画】

痛苦瞬间洞穿了苔丝的心底，她的丈夫梦游了。安琪每当受到重大刺激时都会出现这种情况，甚至会做出让人意想不到的事来，还记得上一次苔丝在受到陌生人的语言侮辱后，他在睡梦中还与白天遇到的那个人“搏斗”。这一次，苔丝的往事又让他深深地受伤了，这几天，痛苦一直纠缠着他，现在又体现到他的梦境中来了……

安琪悄悄地走到苔丝的床前，俯下身子，眼睛定在苔丝身上，嘴里还在念着："死了，死了，死了！"然后伸出手将苔丝搂在怀里，他搂的是那样紧，几乎让苔丝喘不过气来。紧接着，他拿起床单，把它当成了一块裹尸布，将苔丝严严实实地裹了起来。

苔丝一直没有动，任凭安琪的摆布。她知道他受到的伤害太大了，即使是现在，在这样一个诡异的氛围中，她也依旧非常相信他，一点儿都不害怕。

安琪怀着极度的悲哀，将苔丝举了起来，嘴里喃喃道："我亲爱的苔丝，我最爱的人，你活着的时候，是多么的善良甜美，多么的真诚可爱啊！"

他托着她走出房间："你可知道，我有多爱你？你怎么就会这样死了？怎么会？怎么会？……"

听到这些话语，苔丝心中五味杂陈，既凄凉又甜蜜。在清醒的状态下，安琪是无论如何都说不出这些话的。为了这些话语，为了安琪对她的爱，或者更准确地说，是曾经对她的爱，苔丝是宁可付出自己的生命，也不肯动一下的。

她老老实实地躺在他的臂弯里，屏住气息，静静地享受着这一刻难得的温存。

他抱着她走到了楼梯口，伫立在那儿，好长一段时间里一动不动。苔丝屏住呼吸，生怕吵醒他，突然，有两滴水珠滴到了苔丝的脸上，苔丝知道那是安琪的泪

> 作者抓住了安琪的"泪水"这一细节，表现出即使是在梦中，安琪也在痛苦纠结着。【细节描写】

水："我的妻子，我可爱的妻子！死了，死了！"他低下头，用颤抖的唇去亲吻苔丝，从额头一路吻下去，一直到嘴唇。苔丝紧闭着眼睛，连大气都不敢喘一下，对于此时的苔丝来说，安琪的吻是多么的奢侈，哪怕安琪就这样把她从楼上摔下去，她也心甘情愿。她甚至在想，如果两个人能够就这样一起死去，摔得粉身碎骨，是一件多么美好的事情啊！

他将嘴唇从苔丝的脸上移开，又紧紧地抱住苔丝，开始下楼，古老陈旧的楼梯在他们的压迫下发出"嘎吱嘎吱"的响声，刚才安琪就是这样摸上楼来的。他抱着她走出大门，一直朝房子后面的河边走去。

苔丝一直在揣测着安琪的心理，本来对于离别，她感到既悲凉又恐惧，但此时对于安琪将自己当做私有物的做法（尽管是已经死去了的妻子），她又感到无比宽慰，他到底还是承认了自己的感情，对于苔丝来说，这些已经足够了。单凭着今天晚上的经历以及在牛奶场的美好往事，苔丝就可以一个人勇敢地生活下去了。

安琪抱着她走进湍急不息的河流，看着倒映在水中摇摇晃晃的月亮，和那些因水流飞快而带来的漩涡。有一瞬间，苔丝以为他要淹死自己，淹死就淹死吧，和死亡比起来，明天的分别更为可怕。但是他并没有那么做，而是紧紧地抱着苔丝，尽可能地保持着身体的平衡，平安地渡过了河流。这一幕似曾相识，她想起来了，安琪此刻正是在重温以前的一幕，

> 河流湍急、月光摇晃、漩涡不断，作者营造出一个诡异而又美丽的气氛。【环境描写】

那时她和另外三个女孩儿满心欢喜地被他抱起，但当时，他的眼中只有自己。“一会儿，就只有你和我了。”“我刚才抱那三个人，完全是为了现在抱起你呀。”……以前的往事一幕幕浮现在眼前，苔丝眼里含满了泪水。

他抱着她走向了一个寺院的遗址，那儿现在已经成了附近人家平时游玩的场地，在院中墙角处有一个石棺，是原来寺院主人的，但不知为何，一直没用，凡是来到这儿玩的，总是要到里面躺一躺，体验一番。安琪抱着苔丝就直奔石棺而来，他小心翼翼地将她平放进石棺里，然后俯身在她的额头上印下一吻，他的双眼直直地盯着她，是那样的爱恋，是那样的不舍。许久，他深深地叹了一口气，似乎已经了却了一大桩心事。顺着石棺，他摸索着躺在地上，像根木头一样，一动不动，睡着了。

“抱”“直奔”“平放”“俯身”“吻”“盯”，安琪在睡梦中的动作一气呵成，反映出藏在他心底的真实想法——对苔丝深深的眷恋。【动作描写】

苔丝听了一会儿，只有萧萧的风声，看样子，安琪已经停止梦游了。她坐了起来，低头望去，安琪正躺在石棺边沉睡着。这里太寒冷了，即使身上裹着床单，也还是抵挡不住四面刺骨的寒风，她曾经听人说过，有人就是因为梦游睡在外面而被冻死的。现在的安琪，正一身单衣，光着脚，熟睡着。“说什么也不能让他就这样在这里睡一晚。”苔丝从石棺中跳了出来，蹲下后伸出手想摇醒他，可是伸到一半又缩了回去，“如果他就这样被唤醒，知道了自己的这些举动，尤其是对妻子的留恋与不舍后，他会无地自容的。”

她想了一会儿，俯下身去，趴在安琪的耳边轻声说道："亲爱的，我们回到农舍去吧！"她轻轻地拉起他的胳膊，引导着他，这个方法果然奏了效，他非常顺从地坐起来又进入了梦境。苔丝挽着他的胳膊，起身出了寺院。这时的安琪已经把苔丝当成了一个天使，非常虔诚地跟着她，仿佛是要和她一起去天堂。他们又蹚过了那条水流湍急的小河，回到了农舍。苔丝又接着引导他回到自己的房间，躺到床上，给他裹上厚厚的毛毯，又生了一把火，防止他由于天气寒冷而生病。安琪睡得很沉，一点儿也不知道苔丝就在他身边，经过这么长时间的折腾，他已经筋疲力尽了。

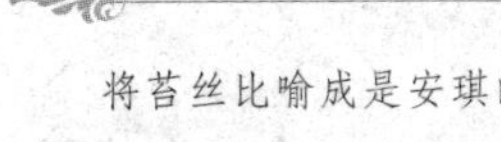

将苔丝比喻成是安琪的天使，从而反映出安琪对苔丝的依恋之深。【比喻修辞】

翌日清晨，他们都满面倦容，苔丝由于昨夜的那趟"短途旅行"，双脚都被磨破了，此刻走起路来还有些一瘸一拐。当安琪看到苔丝这副样子时，本能地产生了一丝不忍，"她这是怎么了？"但转眼间，他就又恢复了原有的理智。对于昨夜的情形，他并不十分清楚，虽然在起床后的刹那间，他曾朦胧地感觉到昨夜发生了一些很不寻常的事，但究竟是梦境还是现实，他自己也说不清了。

苔丝看着自己丈夫一无所知的样子，便没有再出声。如果她将昨夜的事情原原本本地告诉他，让他知道对自己还心存留恋，在梦中做了那么多潜意识里的事的话，他会觉得失去尊严的。这就像一个酒鬼在清醒时分，别人告诉他醉酒时的窘态，一般人是受不了的，会把这当做是别人对自己的嘲弄。

早饭后，马车到了，早在前一天，安琪便已经雇好了，苔丝的梦也彻底地破碎了。虽然昨夜安琪的点点柔情曾使她产生破镜重圆的愿望，但现在看来，这也只能是愿望了。他们一起上了马车，踏上了即将分离的道路。

· 品读与欣赏 ·

苔丝终于明白了安琪对自己过去的看法：他无法对这件事释怀，反而是深深地纠结于此，以至于对苔丝的看法改变了，对自己的人生观都有所动摇。苔丝提出自己可以回娘家，安琪也认为两个人需要分开冷静一下。就这样，两个人在度过梦游一夜后，踏上了分离的道路。作者对梦游一夜描写得极为生动，充满美丽与悲哀。

· 学习与借鉴 ·

1.以乐写哀：作者将梦游之夜的景色描写得十分美丽，河流湍急，月光摇曳……而在这幅美景下映衬出的恰恰是男女主人公内心的悲凉。

2.前后对比鲜明：两人的感情从高峰跌到谷底，从原来的亲密无间到现在的相对无言，这种鲜明的对比恰好印证了本章题目“世界开始改变”。

第十二章　各奔东西

安琪和苔丝走的这条路距离克里克老板的牛奶场不远，为了避免别人对他们婚姻关系的猜忌，他们决定还是去牛奶场拜访一下，正好安琪需要和老板交接一些事情，而苔丝可以趁机对老板太太表示一下谢意。

由于不想惊扰到太多人，他们将马车停在了栅门旁，然后沿着小路继续前行。路两旁的柳树已经被人砍光了枝头，只剩下树干孤零零地站立着。而那柳树的四周正是安琪和苔丝当初的定情之地：第一次听到琴声的地方；第一次表白的地方；第一次接吻的地方……而现在，艳丽变成了暗淡，沃土变成了泥路，清泉变成了浊水。

克里克老板远远地就看见了他们，兴奋地奔上前迎接他们，老板太太和很多工友也都陆续从屋子中跑出来，好像整个牛奶场还沉浸在新婚的喜气之中。

苔丝感到很难为情，对别人的嬉笑有点不知所措，不过她和安琪表现得倒像平常的夫妻一样，丝毫没有让人察觉出他们两人之间的异常，这是属于他们之间的一种默契。工友们提起蕾蒂已经回家去了，而玛莲则去别的地方重新找工作了，苔丝听后不禁再度涌起伤感。她离开热情的工友，去和她那些可爱的奶牛告别，当她那细嫩的手抚摸到奶牛身上的温暖时，她好像再次触摸到了往昔的温情。他们并没有在牛奶场停留太久，很快，两人紧密地站在一起与大家告别了，那一刻，在大家的眼里，他们是令人羡慕的恩爱夫妻。

两人坐上马车向威塞堡和斯塔福特路德方向前进，到达目的地的一家旅馆休息后，安琪又换了一辆陌生车夫的马车，继续向苔丝的家乡行驶，在过了纳托堡后的一个十字路口处，安琪叫马车停了下来，告诉苔丝如果她决定要回家乡的话他们就在此处分手吧，为了避免引起陌生车夫的揣测，他让苔丝陪着他沿小路走一走，苔丝没有表示异议，而是让陌生车夫稍等一下，就跟着安琪离开了。

“这个时候，我们彼此间都应该明白了，没有谁的罪过、谁的原谅之类的话，我只是在此刻没办法承受一些事情，我想以后我会争取承受吧，我不知道我要去哪儿，但我知道我一旦清楚我的去处后，我会告诉你的。当然，未来的某一天，我发现自己可以承受一些事情的时候我会回来找你，而在这之前，我不想再见到你。”

安琪的这番话让苔丝明白末日彻底降临，她终于知道他对她的看法了，他已经把她看做是一个恶意欺骗感情的女人，这种对过去错误的惩罚未免太严重了，严重得已经让她没有力气再争辩什么了。

“在你想通之前，我是没有权利去找你的，对吗？”

“可以这么说。”

“那通信是被允许的吗？”

“如果你生病了或是需要帮助了，可以写信给我，不过我并不想接到你的信，如有可能，我会给你写信的。”

“好吧，安琪，我都听你的，不过我想你最好应该想清楚对我采取什么样的惩罚更合适？我所能承受的惩罚也是有限度的。”

苔丝能说的大概只有这些了，其实如果她大吵大闹，任意发泄一通，反而会让安琪无所适从，不会如此狠心地扔下她不管。但苔丝身上的那种顺从、傲慢反而使得安琪的做法成了理所当然，在无形中，苔丝成了安琪抛弃自己的有力助手，这不得不说是她性格中的一种悲哀吧！

接下来，他们谈了一些未来生活的具体事宜，包括钱财的处理，毫无意外，苔丝并没有为自己争取什么。将这些事情处理好后，安琪将苔丝送上了马车，叮嘱陌生车夫将苔丝送到家并留下一些车费后，就拿起他自己的行李和雨伞，与他的妻子正式告别了。

马车开始缓缓前行，安琪望着那越来越小的背影，不禁期盼着苔丝能够将头转过来，但苔丝只是颓然地躺在车里，一点儿转身的力气都没有了。

马车驶进了布莱克摩山谷，那从小就熟悉的美丽景物开始一一晃过苔丝的眼前，她终于清醒了一些，马上想到即将面临的一个问题：她要怎样面对自己的父母呢？

还没有走到家，一个曾经一起念书的女孩看见了苔丝，她很自然地与苔丝打起招呼，并问道："亲爱的，你的丈夫怎么没有跟着回来啊？"

"哦，他到别处办事去了。"苔丝慌忙地解释完就匆匆地告别，回自己的家去了。

家中院内的小路上，母亲正在一边洗着被单一边哼着小曲，由于太过投入，她竟没有发现苔丝走进来，直到进了一趟屋子再折返回院子里时才发现自己的女儿。

"啊——苔丝回来了——这孩子，也不提前说一声——我们都以为你结婚了，真的结婚了——还特意送去一大桶好酒呢……"

"哦，是的，妈妈，没错，我真的结婚了。"

"是吗？结婚了？"

"是的，我结婚了。"

"那你的丈夫呢？他在哪？"

"哦，他——他离开了——暂时离开了。"

"离开了？那你们究竟是哪天结婚的啊？"

"是在星期二，妈妈，星期二。"

"那今天才星期六，他怎么就能离开你呢？"

"是啊，但他就是离开了。"

"这究竟是怎么回事啊，苔丝？你究竟嫁给了什么人啊？"

"哦，妈妈！"苔丝再也忍不住了，扑到了母亲的怀里痛哭起来，"我真不知道该怎么和你说，妈妈！你亲口告诉过我，写信也告诉过我，不要让我把过去都告诉给他，但是我还是没有坚持住，我把什么都告诉给他了，妈妈，然后他就离开我了。”

“啊！你这个傻瓜！傻瓜啊！”德北夫人气得嚷了起来，双手不停地颤抖，将水珠都甩在了自己和女儿的身上，“天啊！我这到底是作了什么孽呀？怎么生出你这么一个傻瓜呀？作孽啊！”

苔丝哭得泣不成声，长时间压抑的痛苦在见到母亲的这一刻全都喷发了。

“妈妈，我知道不该告诉他，我都知道，可是我——我实在忍不住啊！妈妈，他是那么好的一个人，诚心诚意地爱着我，如果我对他一直隐瞒过去，我更对不起他啊，妈妈！如果有机会再让我重新选择的话，我还是会告诉他的，会的，一定会的！”

“可是你已经嫁给了他，你这么做，你这么做反而是害了他呀！”

“嗯，是的，这我也明白。但我想他要是实在接受不了这件事，不再爱我了，那也可以和我离婚的。妈妈，你知道吗？我是真的很爱他呀！我既不想失去他，又不想欺骗他，这种矛盾的心情真是太折磨人了。”苔丝越说越激动，最后整个人都瘫软在椅子上。

“唉，现在说什么都没用了。我可真是纳闷，怎么别人家的孩子都那么聪明，可我的孩子却一个比一个傻，竟然连这种事都说出去。你要是瞒住了他该有多好，即使以后知道了那也是以后的事啊！”说到这，德北太太突然可怜起自己来，眼泪再也忍不住了，“我不知道你爸爸会说些什么，他现在每天都和别人吹牛，说你嫁了个有钱人，找了个好婆家，可你现在又把事情办糟了，老天爷啊！这可怎么办啊？”

说来也巧，正苦恼苔丝父亲会作何反应的时候，远处传来了德北先生的脚步声。趁他还没走进屋，德北太太连忙让苔丝先躲一躲，留下自己来告诉丈夫这件不幸的事。如果说刚听到不幸的时候，她还觉得有种彻底的失望的话，那么现在她已经把它当做一种不可避免的天灾了，这和农民种地没有收成是一个道理，无关人的聪明与否，不过是命中注定罢了。

苔丝回到了自己的房间里，发现房间有了不少变化，她原来睡的床现在已经属于两个妹妹的了，看来她的家也没有属于她的地方了。这个房间很简陋，所以可以比较清晰地听到屋外的动静。很快，父亲进了屋子，手里还拿着一只老母鸡。现在的他已经卖掉了所有的马，只能步行挎着小篮子沿街叫卖了。和平时一样，他拿着一只老母鸡，这样会让别人以为他做买卖很上心，而实际的情况却是他在罗利弗酒店里悠哉地喝着小酒，而老母鸡被捆绑着，眼巴巴地望着他。

“我刚才还和别人说呢，以前人们都把牧师叫做‘先生’，这其实就跟我们称呼那些尊贵的祖先一样。但现在不同了，现在只叫他们‘牧师’就可以的。”由于苔丝的丈夫来自一个牧师家庭，所以德北很自然地就和别人讨论起牧师来，在他的意识里，认为所有人都应该知道苔丝嫁人了，虽然苔丝本人并不愿意声张，但他却希望很快就可以和别人说起这件事，并且认为苔丝的丈夫也应该跟苔丝一样，将姓氏更改成古老而又尊贵的德伯。想到此处，他连忙问起妻子是否有苔丝的消息?

“苔丝没有来信,不过她本人却回来了。”德北夫人用沉重的语气向他讲述了这个家庭又降临了一场灾难。听完妻子的叙述后,德北感觉到一股郁闷伴随着酒气升腾出来,但他所关注的焦点并不在这场灾难上,而是别人对这场灾难的看法。

“唉,事情怎么会落到这步田地啊?想想我们家,曾经多么的显赫啊!我们的那些列祖列宗全都躺在精致的教堂里,可是我如今却混得这么惨!酒馆里的那些家伙们指不定得怎么笑话我呢,一定会说‘这就是你说的光耀门楣吗?’哎呀!我死掉算了,活在这世上被人指指点点可真没意思啊!我啥也不想要了……不过苔丝也是,都嫁给他了,怎么还能留不住他呢?”

“说的是啊,这孩子就是傻啊!”

“孩子他妈,这回到底是真结婚?还是像上回那样……”

苔丝再也听不下去了,当自己的家人都开始怀疑自己的时候,她真的不知道这个世界上是否还有自己的容身之处?难道这就是她的命运吗?看来,连这个家,自己也是不能久留的。

苔丝在家里只住了几天,就收到了安琪的来信,信中说他现在在英国北部的一个农场里学习实践。苔丝正好以此为借口告诉父母她要找安琪去,这既是为了显示出她是克莱尔太太的身份,也是为了向家人隐瞒她和丈夫的恶劣关系。为了避免家人起疑心,她还特意在安琪留给她的钱财中拿出一部分孝敬父母,也算是报答父母的养育之恩。安排妥当后, 苔丝就要上路了,临行前母亲还嘱咐她找到安琪后好好过日子，毕竟夫妻一场，矛盾都是暂时的，以后一切都会慢慢好起来的。

而在距离婚礼已经过去了整整三周后，安琪也终于回到了自己的家乡。此时，夕阳西下，余晖洒落在高耸的教堂钟楼上，远远望去，好像一个威严的法官伫立在那里，似乎是在质问安琪为什么回来？街道上人影稀少，即使有人走过，也不会注意到安琪，他就像鬼魂一般游荡。

对安琪来说，人生好像到现在才变得真实，而以前的人生都存在于想象之中，他偶然间发现了前往巴西务农的广告，于是兴起了逃离欧洲大陆的念头，他将这个打算告诉了父母，并遮掩说新娘子暂时回娘家住一段时间。母亲凭借着女人的直觉，隐约猜测到儿子失魂落魄的根源一定就在那个新娘子身上，于是急切地打听起新娘子的具体情况。

“她是个天真无暇的姑娘！”此刻即使是让他下地狱，他也断然不会说出别的话来。

“这是最重要的，别的倒都没有什么的。其实现在想找到这种没有受过任何污染的农村姑娘已经不是一件易事，你也读过不少书，我相信随着你们两人共同生活的开始，你会逐渐把她教育得知书达理，善良贤惠的，那些乡下粗野的作风会渐渐消失的，放心吧。”

母亲的劝解在安琪的想法中，成了绝妙的讽刺。他开始感觉到这场婚姻毁了他的事业，毁了他的人生。这一点是在他一开始做决定时所没有想到的，他总以为就算是为了自己的家人，他也会把自己的事业打点得井井有条，而现在，一切都混乱了。桌上的烛火忽明忽暗，似乎也在嘲弄他这个被人欺骗的人生失败者。

等到自己冷静下来的时候，他觉得自己欺骗父母实在情非得已，而这一切都是他那个可怜的妻子造成的，于是他又不禁记恨起苔丝来，好像她又出现在了他的眼前，她那喃喃细语，她那充满哀怨的双眸，她那欲加辩解的嘴唇，还有她那让人魂牵梦绕的温柔气息……

在动身去巴西之前，安琪决定要到他和苔丝结婚时租住的那个农舍去一趟，他要和房东把房租结清并交回钥匙，另外那里还有一些自己的东西要取回。当他推开农舍房门的那一刻，他似乎又找回了他和苔丝第一次走进这里时的幸福感，他好像看见了佩戴着昂贵首饰的美丽妻子，想起了那次在壁炉旁两个人的倾心坦白。

房东并不在屋子里，安琪独自一人上了楼，进入了那晚苔丝住过的房间——那个他从未享用过的房间。床上的被单干净整齐，帐顶上还挂着那丛槲寄生，三四周过去了，它也枯萎了好多，安琪摘下它，随手扔到壁炉里。他久久地立在床前，第一次反思起这段日子里自己对苔丝的做法是否正确，但他还是放不下那个痛苦的心结。他颓然地倒在苔丝睡过的床上："啊！苔丝，为什么？为什么你不早点告诉我？我如果早知道的话也许现在就可以原谅你了。"

突然，楼下传来一阵脚步声，他连忙起身，向楼梯口走去，他看见一个女人，一个皮肤白皙，眼睛明亮的女人——伊丝——他一眼就认了出来。

“克莱尔先生，我是特意来拜访你和你的太太的，我想你们会在这里。”

从她天真的表情和无邪的言语里，安琪知道她并不清楚他们夫妻间发生了什么，她是一个喜欢他的纯朴姑娘，和苔丝差不多，会是一个农家好妻子。

“这里只有我一个人，而且我们也不打算在这儿住了，我拿些东西就准备走，你呢，伊丝？你准备走哪条路？”

“克里克老板那里现在很没意思，我不打算去了，我要去那边……”说话的同时，她指了指和牛奶场相反的方向，而那正是安琪要去的方向。

“哦，很巧哦，我也往那个方向去，你现在走吗？走的话，我们可以顺路。”

“真的吗？克莱尔先生，那实在太感谢你了。”她的脸顿时红润许多。

安琪找到房东处理完事情后便牵出马车和伊丝一起上路了。

“伊丝，很快我就要出国了，到巴西去。”安琪对坐在身边的伊丝说。

“那你的太太喜欢那里吗？”

“她暂时不去，等我到那边安顿好后再考虑。”

马车走在寂静的路上，很长一段时间里，伊丝都没有说话。

“她们几个还好吗？蕾蒂过得好吗？”安琪又开口问道。

“我最后一次看见她的时候，她已经神志不清了，整个人特别消瘦颓废，我想她是不会再找到幸福了吧。”

“那玛莲呢，还好吗？”

“她……她现在已经是一个酒鬼了。”

“怎么可能？这是怎么回事？”

“是真的，克里克老板都不想要她了。”

“那么你呢？你过得如何？”

“我……我没疯，没成酒鬼，只是……这一阵子，不爱在清晨里唱歌了。”

“为什么啊，伊丝？以前你在牛奶场的歌声多美妙啊，大伙听完后都赞不绝口。”

“是啊，先生，你刚到牛奶场的时候，我是多么爱唱歌啊，可是过了一段时间后，我就不想再唱了。”

“那为什么啊？

她用她那黑得发亮的眼睛注视着他，答案都写在了眼睛里。

“伊丝，为了我这样的一个人，不值得的。”他陷入了思考之中，“伊丝，假如当初我向你求婚，你会答应吗？”

“当然会，我马上会答应，你会娶到一个很爱你的女人！”

“真的是这样吗？”

“当然了！天啊，你不会到现在还不明白吧？”她不想再抑制自己的感情，想把自己的爱意全都说给安琪听。

很快，他们走到了一个十字路口。

“我要到地方了，我要下车了。”伊丝说道，打从自己鼓起勇气表白后，她就一直不敢再开口。

安琪放慢了马车的速度，他突然有些懊恼起来，他对世界上约定俗称的礼教开始嗤之以鼻，他觉得这些东西好像一把枷锁束缚住了曾经的自己，而现在他想挣脱出来，他想尝试一种看似荒诞的生活，以此来宣泄自己的不满。

“伊丝，我打算一个人去巴西。苔丝不去，不是因为她喜欢不喜欢那里的问题，而是我们之间的感情出了问题，我想可能我们以后都很难再在一起生活了，也许我现在还无法让自己爱上你，但……你能不能代替苔丝，陪我一起出国呢？”

“你想好了？要让我和你一起出去？”

“嗯，是的，我受够了这里的生活，要出去换换空气，我想带着你，因为你是那么无私地爱着我。”

“如果是这样……那么……我愿意去！”伊丝思索了片刻，最终没有拒绝。

“你真的愿意去？伊丝，你知道那将发生什么事吗？”

“我知道，我将和你在一起。我都知道，这对我来说我很满足。”

“可是你明白吗？你如果做了这个决定，就是违背了世俗法则，这点我必须要提醒你，起码对现在社会来说，是不被允许的！”

“我不在意这些，一个陷入爱情中的女人是无暇顾及那么多的，因为爱情本身就已经足够折磨她了。”

“那好，你不要动，就坐在我的身边。”

他加快了马车的速度，一程又一程，却始终没有任何爱意表达出来。

“伊丝，你真的很爱……很爱我吗？”他突然问起。

“很爱你……我已经说过了。早在牛奶场的时候，我就控制不住自己，只想好好地爱你！”

“比苔丝还要爱我吗？”

“不！”她摇了摇头，“她才是最爱你的人！”

“为什么这么说？”

“为了你，她可以牺牲自己的生命。这点，我做不到！也没有其他人能像她那样爱你了！”

安琪沉默不语，伊丝的这番话不啻于一声惊雷震动了他，他感觉一声啜泣卡在自己的喉咙里：“为了你，她可以牺牲自己的生命。这点，我做不到！也没有其他人能像她那样爱你了！”这句话在耳边不停地响着。

“伊丝，我刚才很糊涂，我只是胡乱瞎说，你千万不要往心里去。”他突然掉转了马头，“伊丝，我送你回家吧，刚才就当我胡说吧。”

“我——我把自己的心掏给你，你就这么回报我吗？啊——我真的受不了——太痛苦了！”伊丝放声痛哭，一边痛哭一边敲打自己的脑袋。

“伊丝，你冷静一下，你刚刚做了一件好事，你明白吗？你为不在这里的那个人做了一件天大的好事，你知道吗？你应该为自己感到高兴啊！”

伊丝逐渐平复下来。

“好吧，先生，我也搞不清楚我刚才都说了哪些胡话了。不过我想那些都是不切实际的，对吗？”

“对，我已经拥有了一个很爱很爱我的太太。”

“是的，你很幸运地已经拥有了。”

他们的马车又回到了那个十字路口，伊丝跳下来准备回家了。

“伊丝，刚才……我很冒失……很对不起……你能彻底忘记这一切吗？”

“忘记？哦，不，我永远都不会忘记！你在我眼里永远都是那么完美！”

安琪带着无限的悔恨拉住她的手，“唉，伊丝，不管怎样，你要原谅我，你不会了解我现在有多么痛苦！”

“我会原谅你的，先生，你放心好了。”伊丝真的是一个好姑娘，脸上已经敛去了悲伤。

“伊丝，你有机会看到玛莲的时候，代我转告她，她是一个好姑娘，千万不要再做傻事了，你一定要替我办到。还有，能再见到蕾蒂的时候，一定告诉她，我不值得她那样糟蹋自己的，这个世界上的好男人很多，让她一定珍爱自己——你一定要记住！这是一个可怜人对其他可怜人的劝诫，我想我是没有机会再看到她们了。伊丝，谢谢你对我妻子的中肯评价，这对我来说是一场及时雨。因为你的话，我才没有做出背叛的错事来，女人有时也会做错，但她们却不会比男人错得更多。伊丝，你的话救了我，我永远都不会忘记！你是一个非常好的女孩儿，你要把我看成一个好朋友而不是一个好情人，你一定要做到！”

“好的，先生，我答应你！上帝也会祝福你的！一路保重吧，先生！”

伊丝目送着安琪的马车消失在路的转角处，终于她忍不住蹲了下来，抱住头，大声痛哭。刚才她与他是那样的接近，他几乎都要带她一起走了，但是她还是无法取代苔丝在他心中的地位。有那么一刹那，伊丝甚至后悔对安琪说了苔丝深爱他的话语，但善良的本性告诉她，她这么做并没有错。她蹲在那里，久久都没有离开……

安琪坐在马车上，一阵又一阵的痛刺穿了他的心。“她才是最爱你的人！”这句话一直在他耳边响起，声音越来越大，几乎震破耳鼓！他突然间掉转马车，向着苔丝的家——马勒村奔去，他的心被一股热流涌动着。

可是越到村口他却越发胆怯起来，虽然他并不怀疑苔丝对他的爱，但无论如何，苔丝以前的经历是血淋淋地存在的，她曾经欺骗自己的做法也是真实的。他的爱非常纯粹，不允许有一点瑕疵，他之所以爱苔丝，就是因为苔丝的美好和单纯，而与苔丝是否爱他无关。现在在他的心里，苔丝已经不是原来的那个苔丝了，尽管如伊丝所说，苔丝爱他，比任何人都爱他，但他还是无法迈过这道关，起码现在还无法迈过这道关！

他又一次掉转了方向，五天后，一个人登上了去往巴西的轮船……

·品读与欣赏·

苔丝和安琪在一起拜访了克里克老板的牛奶场后各自踏上了分离的道路：苔丝在善意地欺骗了自己的家人后去了北方的一个农场做工；而安琪则在路上巧遇伊丝，并通过和伊丝之间的对话明白了最爱自己的人是苔丝，但他还是过不了自己心理上那一关，之后一个人去了巴西。两个彼此还有牵念的人还会再有相见之日吗？这又为下文情节的发展留下了悬念。

·学习与借鉴·

1.比喻修辞："夕阳西下，余晖洒落在高耸的教堂钟楼上，远远望去，好像一个威严的法官伫立在那里，似乎是在质问安琪为什么回来？"这个比喻句生动地写出了教堂的高大庄严。

2.前后照应："帐顶上还挂着那丛槲寄生，三四周过去了，它也枯萎了好多，安琪摘下它，随手扔到壁炉里。"槲寄生的再次出现照应了前文中苔丝也曾看到帐顶上挂着槲寄生，流露出物是人非的感伤。

第十三章　窘迫的生活

转眼间便过了八个月。这八个月以来，苔丝背着行囊，带着心中的伤痛，在布莱克摩山谷以西的一个小镇的牛奶场上做起了工人。

牛奶场本身的工作并不繁重，也不需要耗费什么体力，但她每天都尽量地让自己忙碌起来，挤牛奶、刷奶桶、做奶酪……抢着做那些别人不愿意做的工作，一刻都不停。她需要以此来消磨心中的痛楚，可即使是这样，她还是无法压抑对安琪的想念与爱恋。

一春一夏就这样过去了，又来到奶牛产奶的淡季了，她所在的牛奶场不再需要那么多的工人了，此时又恰逢秋收时节，苔丝便从牛奶场转移到了农场。其实本来她并不需要如此辛苦，安琪在与她分手时给了她一大笔金钱，足足有五十磅，但从家中离开的时候，她留了一半给她的父母来填补家用，而剩下的一半呢，她压根就舍不得花掉。那是安琪亲手交给她的，她觉得那上面有着安琪的印记，她把它当作了纪念物，她要自食其力，不动它们一分。

然而秋季后，农场的工作也结束了，苔丝又一次面临了生活的窘境。并且令人痛恨的是，天气也开始捉弄起她来，阴

“捉弄”本是人的动作，此处说天气捉弄苔丝，突出了天气无常的特点。【拟人修辞】

雨连绵，下个不停，在这样的季节里，在这样的情况下，她压根找不到自己能做的工作。那些崭新的发着亮光的金币，她忍痛开始动用了。她租了一间屋子，买了几件冬天必需的厚衣裳，又买了一些食物储备过冬。当完成这些事后，金币所剩无几了。此时她又收到了父母的来信，父母以为他们的女儿已经和丈夫和好，正在过着富裕幸福的生活。信中说，家中的屋顶漏了，必须要彻底翻修，而且冬天就要来临了，弟弟妹妹们也急需添置几件厚衣裳，至于上次苔丝留给家里的钱，早就已经花光了，并且还欠下了一大笔费用，希望苔丝能再给汇些。信的结尾处，母亲还充满希望地说什么"苔丝找了一个好女婿，一定聪明善良，不会对家人置之不顾"之类的话。

苔丝正在为难之际，她又收到了银行寄来的三十磅钱，那是她的丈夫在去巴西之前委托银行汇的，虽然他现在还无法原谅她、接受她，但还是不忍心自己的妻子受苦。无疑，这笔钱她一分未留，全部转汇给了家里。之后，她又囊中空空了。

在出租屋里，她数着手中可怜的几枚硬币，想着下一步的打算。安琪曾经告诉她如果有困难的时候，可以去找他的父亲，但强烈的自尊心不允许她那么做，他的父母可能早就看不起她了，她不能让他们彻底地鄙视她。她想到了克里克夫妇的牛奶场，那个她和安琪曾经相恋的地方，如果她回到那儿去，他们一定会收留她的，但她那敏感的心告诉自己，她不能回去，一年前，她在那里风风光光地嫁给安琪·克莱尔先生，

苔丝的这段心理活动反映出了她对未来生活的茫然无助。【心理描写】

无比甜蜜地离开，一年后，却要灰溜溜地独自回去，她实在无法接受。她又想起了那只鸣叫不已的大公鸡，唉！也许这一切都是命中注定吧！

在苔丝矛盾痛苦的同时，她的丈夫也正经历着命运的打击。此时，他正在巴西库里蒂巴地区卧床不起。原本，他满怀希望地来到这里，准备大干一场，可是在到了这里之后，才发现情况根本与他想象的不同，许多和他一起来的农场主都是受了巴西政府的哄骗，这里的气候和土壤压根就不适合种庄稼。在经历了几次暴雨之后，受到物质和精神双重打击的他终于不堪重负，身患热病，他躺在病床上不停地喊着一个名字——苔丝……

又熬过了几天，当苔丝将手中仅余的硬币和出租屋内的食物都耗尽的时候，她收到了玛莲的来信，这是一封雪中送炭的信。玛莲从伊丝的口中得知了苔丝的处境，好心的姑娘想帮助老朋友摆脱困境，便介绍苔丝去本郡中部山区的一个农场里，而她自己也在那儿，到时可以彼此照顾。

随着时间的消逝，对于丈夫对自己的原谅，苔丝越来越不抱希望了，她决定去找玛莲。然而她并不知道，这一走，她又与幸福擦肩而过了。

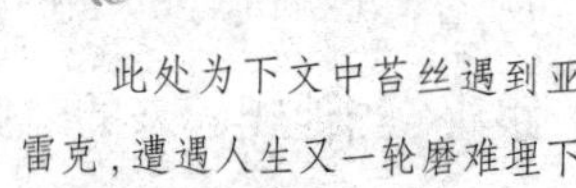

此处为下文中苔丝遇到亚雷克，遭遇人生又一轮磨难埋下伏笔。【埋下伏笔】

她打点行装开始上路，为了避免麻烦，一路上，她穿起了非常简陋的粗布衣服，事实上，自从与安琪分开之后，她便一直是这种打扮。尽管如此，她那美丽的相貌仍旧总是能引起路人的注意。

这一天，当她翻过一座山顶，正要沿着蜿蜒曲折的小路下山时，一个男人从她身边路过，热情地和她打着招呼："你好啊，漂亮的女孩儿！"此时正值傍晚时分，落日的余晖落在苔丝的头上、脸上，为她罩上了一层神秘的光环，男人直勾勾地盯着她，突然咧嘴笑了，一口黄牙暴露了出来。"哟，是你啊，那个在特兰岭与德伯少爷勾搭的年轻荡妇！喂！你那个新的相好的呢？"

"直勾勾地盯着""咧嘴笑""黄牙暴露"，作者通过这些细节刻画出了一个无耻、猥琐、邪恶的人物形象。【人物刻画】

苔丝认出他就是那个在旅馆门前侮辱她而被安琪揍了一拳的家伙，一想到安琪，她的心又撕裂开来。

苔丝不想和他牵扯，低头继续向前走去。谁知那个流氓却不依不饶："小妞儿，你别走啊，因为你我可还挨了顿揍呢，你必须得为这事负责！"说完便伸出他那黑乎乎的手掌来拽苔丝。

苔丝吓坏了，挣开钳制，回头推了那个人一下之后拔腿就跑。本来苔丝根本就不是那个家伙的对手，但由于此时她正站在山坡顶上，处于优势的地形，而那个流氓又毫无防备，因此被推了个大跟头，当他爬起来的时候，苔丝的身影已经跑出很远了。

苔丝一直向前跑去，直到好久才停下来，这时她已经来到树林深处。刚才的惊恐使她忘记了哭泣，现在危险已经解除，一种悲伤凄凉的情绪瞬间蔓延开来，她倚着一棵大树滑了下来，双手抱住膝盖，头埋了下去，大哭起来。

"倚""滑""抱""埋""哭"，一系列的动作生动表现出苔丝的恐惧无助。【动作描写】

天已经完全黑了。苔丝哭了好一阵，之后起身将脚下的枯叶拢到一起，厚厚地积成了一个窝。她钻进窝里，在冷风之中想起了自己的丈夫，也许他现在正喝着暖暖的咖啡吧！她不禁自怨自艾起来，这个世上还有人比她的命运更悲惨吗？她摸着自己的眉骨和眼眶的下缘，想着早晚有一天这里的皮肉全都会腐烂，她也会彻底变成一具枯骨！

这段心理活动表现出苔丝对安琪有思念、有埋怨，还有她对自己的可怜。【心理描写】

"还不如现在就那样呢！我再也不想承受一个又一个的打击了！"她又啜泣起来。

这时她听到了一种奇怪的声音，像风声，又像重重的喘息声，就在她头部上方的树叶间，她并没有害怕，也许就是些小动物吧，要知道现在除了人类之外，她已经不怕任何东西了。

清晨，当第一缕阳光透过树叶星星点点地洒在苔丝的脸上时，她便睁开了双眼，她不知自己是何时睡着的，那声音又是何时停止的，她迷迷糊糊地从枯叶中爬出——不！那声音并未完全停止！顺着声音望去，苔丝看到了那些打扰她一夜的东西——几只受伤了的野鸡。离她不远处，正躺着好几只野鸡，它们的翅膀上都染上了鲜红的血迹，有的受伤了，有的已经死去。原来，昨夜那些奇特的声音都是它们发出的。这些可怜的小家伙，有的还在挣扎着、扭动着、颤抖着、抽搐着。

看到这幅场景，苔丝明白了，这是昨天猎人打猎后没有找到的遗留物，当时它们或是躲在草丛中，或是躲在树叶间，而没有被猎人发现，但即使如此，这些小家伙儿也逃脱不掉死亡的追逐，它们现在已经奄奄一息了。此时，对于它们来说，死亡是最好的解脱。

在苔丝“处死”野鸡的过程中，作者抓住了一个细节“颤抖的手”，这表现出了苔丝的善良本质。【细节描写】

心地善良的苔丝做了一个决定，她小心翼翼地走到它们身边，用颤抖的手一个又一个地扭断了它们的脖子。看到它们都咽了气，苔丝也不知这样的做法究竟是对还是错，但不管怎样，现在它们终于摆脱痛苦了，不用再活活受罪了。她又用枯树枝挖了一个坑，将那些“尸体”埋了进去。“可怜的小家伙儿，看到你们所遭受的痛苦，我还能说自己是世界上最悲惨的生命吗？”她不禁为昨夜的悲观惭愧起来。

在那些可怜的小家伙身上，苔丝想清楚了一些道理，痛苦都是相对而言的，如果她能想开一些，不将别人对她的看法放在眼里，生活还是可以继续下去的，也许还有许多比她还要悲惨的人呢，苔丝默默地安慰着自己。

为了避免美貌给自己惹来麻烦，苔丝一狠心刮掉了自己的眉毛，又用布遮住脸，继续前行。在中部山区的一个叫做弗林库姆梣的地方，她找到了玛莲，并在她的帮助下，来到了一处农场，那里的活又苦又累，但此时的苔丝已经顾及不了那么多了，她与雇主的太太签订了合同，又寻觅了一个住的地方。安顿好一切后，她给父母去了一封信，告诉他们她现在的地址，如此一来，她的丈夫如果有信件，便可以转到这里了。

与克里克老板的牛奶场所在的富润谷不同，弗林库姆梣这个地方简直是荒凉无比，寸草不生。就连这里的人们也都是瘦弱不堪，唯一比较健康圆润的恐怕还得算是刚到这里的玛莲了。

用克里克老板的牛奶场来对比弗林库姆梣，更加突显出弗林库姆梣的恶劣环境和艰苦生活。【对比手法】

苔丝从来都没有想到自己会干起这样的粗活来，即使在马勒村的家中，再窘迫的时候，她也没有如此辛苦过。天刚刚亮，她和玛莲等姐妹就要起床，踏着寒霜来到地里挖萝卜，萝卜挖好后，她们要用一把带着弯钩的小刀削掉上面的泥土和须根，然后把它们搬到地窖贮藏起来。一干就是一天，直到很晚，她们才能顶着月光回到出租屋内休息。如果遇上下雨或是严寒的天气，她们即使带着厚厚的皮手套也阻挡不了刺骨的寒气。

在这样恶劣的环境中，苔丝和玛莲经常一边干着活一边回忆起富润谷的美好和富足来。这种回忆既美丽又残酷，苔丝经常是上一秒钟还在欢喜，下一秒钟却又泪眼朦胧起来。

今年的冬天似乎与往年的不同，它来得更加的凶猛，更加的让人无所戒备。一天夜里，苔丝听到了屋顶上传来的猛烈的呼啸声，风从四面八方刮来,几乎要将屋顶掀翻。第二天清晨，苔丝发现窗台上、地面上，就连厨房里都不知从什么地方刮进来一层厚厚的雪。只是一夜之间，弗林库姆梣就变成了一个雪的世界。她推开窗，到处都是白茫茫的一片，远处那已经落光了树叶的树杈被雪压得弯下了腰，风

风要将屋顶掀翻，语意夸张，更加突出了风的猛烈。【夸张修辞】

“树杈被雪压得弯下了腰”，将树杈拟人化，从而表现出雪量之大。【拟人手法】

一吹过，雪花纷纷飘落下来。

在这样的天气中，挖萝卜的活儿是无法再进行下去了，于是老板娘又让她和玛莲等几个女工到仓房去整理麦秸，一起去的还有伊丝。在苔丝到达这里之后，玛莲又给她去了信，邀请她也到这里来，于是三个好姐妹在这个不毛之地重逢了。

很自然地，她们又谈到了以前的生活，以及那个苔丝念念不忘的人。

“我真是没想到他能干出这样的事儿来，我曾经那么的爱他！他娶了你，我们都能理解，也都真心祝福，但是真没想到，他会那样对待伊丝！”玛莲生气地说。

苔丝瞪大眼睛：“你是在说我的丈夫吗？安琪·克莱尔？是他吗？”

“别说了，玛莲！”伊丝赶紧阻止。

“不，我要说，苔丝，你知道吗？是他要求伊丝的，让她同他一起去巴西。”玛莲心直口快。

“真的吗？”苔丝转向伊丝，几乎已经透不过气来，浑身冰凉。

“不，没有……不是的！”伊丝满脸通红，眼中含泪，站起来跑了出去。

苔丝抬眼看着玛莲。

“我……我不知道，我只知道他原本是要那样的，带着她驾车走了好远的路，可后来又变卦了！”玛莲不禁为自己的一时冲动而有些后悔。

“可他还是没有带她走啊！”苔丝说。

仓库里一片寂静，她们又低头干起了活儿。大概过了几分钟，苔丝突然扔下麦秸，抱住双腿，号啕大哭起来。这毫无防备的哭声弄得大伙儿都慌了神儿。

“扔”“抱”“哭”，一系列的动作表现出苔丝在知道安琪曾想带伊丝去巴西的这件事后，受到了非常大的刺激。【动作描写】

“你瞧我这张嘴，我真不应该告诉你！”玛莲轻轻地抽了一下自己的嘴巴，之后又把手放在苔丝的背上抚摸着她、安慰着她。

“不，这不关你的事，你告诉我是对的，你这是点醒我，我……我一直想着他一定会回来找我，一直都无精打采地过日子，这是我的不对！是我，都是我的错……”苔丝已经情绪失控。

夜晚，苔丝在出租屋里来回地踱着步，她将结婚戒指拿出来，攥在手心里，想着白天知道的事情。一直以来，她都将主动权交给他，他们之间的离合都由他来做决定，而自己从来就没想着去争取过什么，“他只是不让我去找他，又没有说不让我给他写信，我不能再这样拖延下去了！”她激动地拿起纸笔，开始写起信来，“亲爱的安琪，”刚写下这几个字，她便无法再继续下去了，他都可以忘记她，在与她刚分开的时候就邀请伊丝一起去国外，她又怎能如此不顾尊严地给他写信？关心起他来呢？

第二天清晨，她又改变了想法，她一定要让安琪知道自己现在的行踪，也一定要知道她的丈夫具体在哪里，在做些什么，否则她会发疯的。安琪曾经说过，如果想给他写信，得通过他的父母转寄，如果遇到什么困难，也可以向他的父母求援。

这段心理活动表现出苔丝在茫然之后找到了和安琪缓和关系的途径——去他的家乡。【心理描写】

她决定去一趟爱敏斯特，那个她丈夫出生和成长的地方，她想安琪的家人一定会理解她对丈夫的这种爱和关心，至于她在经济上的困难，她是不会向他们吐露半分的。

苔丝穿上了最漂亮的衣服，那曾是安琪买给她的，衣服的颜色也是他最喜欢的，她又从箱子中拿出了一双漂亮的羊皮鞋穿在脚上，她觉得这身装扮稳重大方，一定会讨安琪父母的喜欢的。但她在屋里走了两步后，又将鞋子脱了下来，裹好，放在背包中背在肩上——步行到爱敏斯特，来回要十五英里的路程，这么纤小漂亮的鞋子是会磨坏的，她换上了一双旧靴子。天刚蒙蒙亮，她便出发了。

走了一上午，她终于来到了爱敏斯特的山坡上，从那里看到了那座她丈夫说了无数次的庄严的教堂，此时，那下面正聚集着牧师和许多教徒，她的心也跟着变得虔诚起来。她将笨重的靴子脱下，从背包中拿出那双羊皮鞋，小心翼翼地换上了，接着，她将靴子随手塞到了山坡上的树篱间。

苔丝将靴子塞到树篱间，这为下文中安琪的家人看见靴子并发表评论埋下了伏笔。【埋下伏笔】

她下了山，步行到安琪家门口，在门外，她踌躇了半天，最后还是鼓起勇气按了门铃，但是，没有人来开门。所有的人都上教堂做礼拜去了。

她又来到教堂门口，恰好赶上礼拜结束，人们都从教堂里涌了出来，将她夹在了人群之中。她跟着人群走着，想回到她丈夫的家中，去完成这次的使命。可这时，她听到了身后的几句交谈，那声音、那语气都让她一震，她回头望去，两个与她丈夫模样相仿的人正在她身后谈论着什么，直觉告诉她那一定是她丈夫的哥哥们，在他们的身边，还有一个年轻女人，不是特别漂亮，但很中规中矩的样子，一看就是个大家闺秀。她又猜想这个女人可能就是默茜小姐。顿时，苔丝的心里五味杂陈，如果当初安琪娶了这位身世单纯的女孩，也许就不会背井离乡，带着伤痛去往巴西了吧！她暗中放慢了脚步，等这三个人从她身边走过去，她默默地跟在他们的身后，想着一会儿等默茜小姐走了之后再表明自己的身份。

苔丝看到默茜小姐后的心理活动表现出她敏感自卑的一面。【心理描写】

这三个人漫步向山坡走去，也许是做礼拜的时间太长了，此时他们想活动活动筋骨，散散步。很快，他们便到了山顶，在那里，也就是在苔丝刚刚驻足观望的地方，他们似乎在谈论着什么，突然，他们发现了苔丝藏在那里的靴子，此时苔丝距他们还有一段距离，他们之间的谈话断断续续地传进了她的耳朵里，谈的内容似乎正是那双苔丝赶路时穿的靴子。

“可能是无业游民扔掉的吧！”名门闺秀说道。

“嗯，有可能，兴许还是个骗子，故意把靴子藏在这，光着脚下山好去博取别人的同情！”

“我最讨厌这种不自食其力的人了，天天装可怜去谋求利益！

我们把靴子带回去，给穷人穿，让他找不到！”

苔丝的自卑、敏感在听到安琪的亲朋对旧靴子议论纷纷后达到了顶点，她觉得自己与安琪的亲朋之间存在巨大的差距。【人物刻画】

苔丝脸上火辣辣的，仿佛被人重重地扇了一巴掌。三个人已经下山了，她躲在树的背后，没有出声。泪水顺着她的脸颊，滚滚流下。虽然是一场误会，但敏感的她已经把这件事当成了是上帝给她的一种审判，一种侮辱。她这样一个无依无靠的女人，如果此时真的找上了安琪的家门，向他们诉说对安琪的爱恋与想念，让他们知道自己此时的境遇，那么她就真的是她丈夫哥哥所说的那种“装可怜谋求利益”的人了。她哭了好一阵儿，最后决定原路返回。

事实上，苔丝并不知道，她的自尊与胆怯使她又错过了人生的一次机遇。如果她能鼓起勇气再次下山，找到安琪的父母，她便会知道她之前的担忧都是多余的，老牧师虽然古板，但心地善良，充满慈爱之心，他要是知道苔丝的困难，一定不会不伸出援手的，并且，如果他真的见到了苔丝本人，不只是他，就连他的妻子，也一定会喜欢上这个可怜而又可爱的儿媳妇的。

归途中，她突然产生了一种愤慨的情绪，她与默茜小姐都很年轻，都对生活充满向往，但为什么只有她饱经苦难呢？她将自己的面纱揭下，露出了一张比那位名门闺秀漂亮很多的容颜，“还保护什么？现在已经没有人注意我了，像我这样一个被抛弃的人，还有谁会顾及我的容貌呢？”

她随意地走着，像影子一样飘荡，毫无生气。她不时地靠在栅栏上，或是坐在马路旁歇息，这一行仿佛已经耗尽了她所有的力气。不知走了多久，她来到了一户茅舍，这户茅舍坐落在一个村教堂的旁边，外面支着个小棚子，专供路人饮水。她坐在棚子里，看着空荡荡的马路，问茅舍的主人："村里的人呢？"

"靠""坐""耗尽"，这些动作都反映出苔丝身心俱疲，生活彻底陷入迷茫中。【动作描写】

"都去听布道了。一个基督教徒每天都在早祷和晚祷之间为大家布道。他们都说那个基督教徒人好，很虔诚，不过我可不想去听，平时在教堂里听的已经够多的了！"

苔丝在棚子里喝了杯水后继续赶路，在走到村子中间的时候，她看到了一个敞开的大仓库，里面隐隐约约地传出布道的声音，顺着声音，她向前走去，来到了离仓库几米远的地方。

这位布道者所宣讲的教义正属于安琪父亲那一派的，主张信仰主宰一切。在寂静的村子里，他慷慨陈词、声调激昂，事实上仔细听来，里面并没有很好的逻辑性。他在向教众们讲述着他是如何相信宗教的，为了增加可信度，他谈起了自己的历史，说自己曾怎样的罪孽深重；怎样的玩世不恭；又怎样的侮辱带他走出道德深渊的牧师，最后正是因为那位牧师的几句话对他产生了深刻的影响，改变了他，成就了他，所以他才会重生，才会变成今天的这个布道者……

苔丝在仓库附近听着，嘴唇颤抖不已，最后连浑身都颤抖起来。那个声音

作者抓住苔丝"颤抖"这一细节，展现出了苔丝在听到亚雷克的声音后整个人接近崩溃的状态。【细节描写】

太熟悉了，就是那个声音的主人，将她推向痛苦的深渊。她艰难地将身子挪了一下，来到了仓库的门外，通过敞开的大门，她看到了那个布道者的样子，午后的阳光斜照在他的脸上，他正站在几袋麦子上面侃侃而谈，手里还不停地比划着……苔丝已经彻底不能呼吸了，那个人——那个人，竟然是她最痛恨的人——亚雷克·德伯！

·品读与欣赏·

苔丝开始了一个人新的窘迫的生活，在每天从事繁重劳动的同时，苔丝对安琪依然深深地思念和爱恋着。她尝试去安琪的家乡和他的家人取得联系，但她的敏感和自卑又让她半途而废，而苔丝人生的又一轮厄运似乎又要开始，因为她又遇见了亚雷克·德伯。作者在本章中着重刻画了苔丝不断变化的心理，展现出苔丝的多重性格来。

·学习与借鉴·

1.语言简练："转眼间便过了八个月""一春一夏就这样过去了"，作者用简练的语言写出时光的流转，苔丝和安琪渐行渐远了。

2.情节跌宕起伏：本章情节跌宕起伏，从苔丝困窘的生活到她去安琪家乡求助"未果"，再到亚雷克·德伯的突然出现，读者的心时刻被苔丝的命运牵动着。

第十四章　假仁假义者

苔丝彻底惊呆了，她简直不敢相信，几年前的那个卑鄙龌龊之人，此刻竟在这里布道传教。

她的脚像被钉住了一般，一动都不能动，眼前的这个人明明还是特兰岭的那个亚雷克·德伯，只是由原来的两撇深褐色的八字胡变成了现在的整齐的络腮胡；由原来那种花花公子的打扮变成了现在的不伦不类的牧师打扮；由原来的无所事事变成了现在对宗教的狂热；由原来的污言秽语变成了现在的满口仁义道德，一副宗教卫道者的善良模样，但此时的他在苔丝的眼里仍旧是那样的不齿，那样的恶心。“他能够弃恶从善？”苔丝宁愿相信太阳会从西边升起，东边落下！

“赶快离开这里。”苔丝暗暗想着。可当她刚刚转过身，前边的演讲者便突然停止了那一套说教。

亚雷克·德伯浑身像触了电一样，他没有想到会在这里见到苔丝，事情过了那么久，他以为当初对苔丝的那种占有欲只是一时兴起，可如今再度见到她，他没想到那种感觉竟然依旧强烈。自从她转身，他看到她的那一瞬间，他便再也说不出话来，他的嘴唇在挣扎着，胡须也跟着不停地颤抖，什么《圣经》、什么教义、什么改邪归正，此刻在他的心里都荡然无存了，他的眼里，只剩下了苔丝转身的背影。

他不再顾及仓库里那些虔诚的信徒，跳下麦袋，追了出去。

“苔丝！”他跑到苔丝的身后，一只手拽住苔丝的衣袖。

“放手！”苔丝恐惧极了，拼命地挣开了他。

“哦，好的，苔丝，我放手，我只请求你听我说，我已经不是原来的那个德伯先生了，我已经完全改正了，我……”他跟在苔丝的身后，不停地说着自己改过自新的经过。

“够了！”苔丝转过身来，气愤不已。“你可以说忘记就能忘记，但我不能，我永远也无法忘记你给我带来的伤害。就是因为你，我失去了清白，因为你，我未婚生子，受尽别人的嘲笑！你想的倒美，自己在犯了罪、作了孽之后还可以投靠宗教，还可以在死后上天堂。但让我来告诉你，哪怕是上帝相信你，我都不会，永远不会！”

“孩子？你生了我的孩子？那他现在在哪儿呢？”亚雷克瞪大了双眼。

“死了，生病死了！都是因为你这个坏蛋！”

“哦，苔丝，我也不知道会这样！但苔丝，我已经改过了，我真的变好了，俗话说得好，浪子回头金不换啊，你就相信我吧！”他大声地说道。

“不要说了，我不想听，你想怎样那是你的事，可在我心里，你是无法脱胎换骨的，所谓的变好恐怕也只是一时心血来潮而已！”

他看着苔丝远去的背影，嘴角抽搐着……

两天后，亚雷克找到了苔丝干活的农场。他带来了结婚许可证，并告诉她他母亲去世了，他要将房产卖掉，带着苔丝去非洲传教。

“我不会嫁给你的！”苔丝冷冷地说。

“为什么？”

“我对你没有感情。”

“哦，亲爱的，时间长了，你会原谅我的，并最终会对我日久生情的！”

“那不可能！”

“相信我，宝贝，我以宗教的名义来向你发誓，我会对你好的，你也会爱上我的！”

“你别说了，我已经嫁人了！有爱人了！”

“什么？”他顿时呆若木鸡。

“好了，亚雷克，你有你的生活，去非洲也好，还是别的地方也好，那是你自己的事，与我无关！我也有我的生活，请你今后不要再来打扰我，就权当我们不认识好了！”

“不认识？有爱人了？哈！”尽管他竭力压抑着自己的情绪，但那种尖酸刻薄还是无法完全被掩盖，他将结婚许可证一点一点地撕碎，“是那个人吗？”他指向不远处一个正在劳作的男青年。

“不是的！”

“那是谁？”

“请你不要再问下去了！”苔丝转过脸，痛苦地说道。

“哦，不，苔丝，我这完全是为了你好！我觉得这件事有蹊跷，你有什么难处尽管告诉我，让我来帮助你！”他又开始动用起花言巧语来，“他也在这儿吗？”

“不！他在很远的地方。”苔丝诚实地说道。

“呀！这是什么样的丈夫啊？竟然把你自己扔在这里受苦受累，而自己却离开？有他这样当丈夫的吗？”他开始滔滔不绝起来。

“你……你还好意思和我说这样的话，如果不是你，不是因为你所做的那些恶劣的事，他怎么可能离开？”

“哦，原来是这样……我真遗憾，苔丝！”他装出一副心疼的样子，“但是，不管怎样，他都不能扔下你不管啊，他太狠心了啊，你看你干的这是什么活儿啊？”

他去抓苔丝的手，苔丝正带着干活时穿的胶皮手套，慌忙之中赶紧往回抽，只把那只又厚又糙的胶皮手套留给了亚雷克。

“你在干什么？你这个坏蛋！”她恐惧地向后退了几步叫道，“请你看在我和我丈夫的份上，看在你所信奉的基督的份上，不要这样，你快走吧！快走！”

“好，好，苔丝，我走！但是请你相信，我刚才绝没有恶意，我是真的担心你、心疼你！”

晚上一回到出租屋，苔丝便动笔给安琪写信，信中她并没有提及自己此时的难处以及那个无赖对她的纠缠，只是热烈地对安琪诉说着自己的爱，此时的她是那样的害怕，那样的孤注一掷，任何看到这封信的人都可以窥见那文字背后的恐惧与绝望，但苔丝却不确定自己的丈夫能否看到信件。

又过了几天，依旧是在弗林库姆梣农场，苔丝在高高的麦垛上吃着午饭，她在打麦机上干了一上午的活儿，现在双膝还不自觉地抖动着，连路都走不了。她的午饭非常简单——一张煎饼，一瓶白开水。

这时她听到了梯子上的脚步声。

“嗨！苔丝，我又来了！”亚雷克出现在麦垛上。

“你怎么又来了？你干嘛老是缠着我啊！”一看到这个无赖，苔丝差点儿被煎饼噎着。

“我缠着你？是你一直都缠着我啊！自从上次见到你，你的身影就总在我眼前晃来晃去，我都无法安心传教了！”

“这么说，你今后就不打算再传教了？”苔丝问道。

“是的，最近我总是失约，我已经好几天没有传教了。天晓得大家怎么看我？上帝怎么看我？我已经不在乎了，完全不在乎了！而这一切都是因为你！”他顿了顿，继续说道，“其实，如果那个老牧师不是和我说人死后要遭报应，人必须要在活着的时候积德行善这类的话，我才不会信教哩！不过现在我已经不在乎了，什么死后，完全不在乎了，我在乎的只是现在，哼！现在活得好比什么都强！”他忿忿地说。

苔丝本想反驳，但又觉得对他这样的人，无论说什么都是无益的，于是低下头来继续吃她的煎饼，不言不语。

“我想好了，苔丝，既然我不再传教了，我们就又可以在一起了，至于你那残忍的丈夫，他都不管你了，你也就别再想他了。再说，是你让我摆脱宗教、使我堕落的，你要为这事负责！”他边说边伸出手去搂苔丝的腰。

苔丝随手抓起身边的手套，冲着亚雷克的脸狠狠地打去，她已经气得说不出话来。

那手套直接击中亚雷克的嘴，他猛地跳了起来，鲜血从他嘴角处流了下来。他用手胡乱地抹了一下，眼里露出阴狠的目光：“你竟然打我，你给我记住！苔丝！你是我的，这辈子都是我的，你休想逃出我的手掌心，永远都别想！”

晚上，苔丝还在农场与工人们一起打麦。那个家伙又来了。

“苔丝，下午是我不对，我说的话不太合时宜，你别生气！不过，你要明白，我完完全全都是为了你好啊！”他用一种诱惑的声音说道，“我是看见你在这里这么辛苦，觉得不忍啊，你看你现在这副样子特别的虚弱，让我来帮助你，好吗？不要再那么倔强了！”

苔丝看了看他，没有说话，她现在真的是身心俱疲，已经没有力气再与亚雷克争辩了。

“如果我们无法使我们的关系合法化，但至少我也可以帮帮你，帮帮你的家庭，你知道我有足够的钱可以让你，让你的父母，让你的弟弟妹妹们生活得更好！请你相信我，我是诚心诚意地想帮助你，绝无恶意！”

“你最近见过他们？”

“是的！”

月光照在苔丝疲惫不堪的脸上："别提我的家人，别提我的弟弟妹妹，求求你了，别提他们，不要让我的精神彻底垮下来，你想帮助他们就帮助吧……噢，不！我们不需要你的帮助，我不想从你这儿得到任何东西，无论是给我的，还是给他们的，都不要！"

打完麦子，苔丝回到出租屋里，再一次给她的丈夫写信，此时，唯一能够支撑她的也就剩下这一点点希望了。

我亲爱的丈夫……我真的不知该怎么办了，我已经快疯了，没有人可以诉说，没有人可以依靠，没有人可以求救！有人在打我的主意，我真的不愿和你说这样的事，可我实在没办法了……难道你就真的不能原谅我吗？真的不顾及我的安危了吗？你知道我对你的感情，知道我对你的依赖……我明白我不配享受你的感情，不配拥有你的爱，可我还是要请求你，回来吧，上我这儿来一趟吧，让我见一见你，只要我见了你，哪怕下一秒钟让我去死，我都愿意！

安琪，给我回信吧，告诉我，你即将回来，只要你说了这样的话，我便有了动力，有了勇气，我便什么也不怕了，我就会乖乖地在这里等着你，高高兴兴地等着你……

安琪，从我们结婚的那一刻起，我便想着一定要忠于你，你不在我身边的时候，哪怕别人对我说一句恭维的话，我都会觉得对不起你。可这次我真的遇到了麻烦，我不知道自己能不能撑得过去，我真的不想被人胁迫去做我不愿意做的事，我好害怕，一次失足已经让我生不如死了，如果……如果，我真的不想说这样的话，可如果再发生什么事，我便彻底地坠入地狱，永远不得翻身了！求求你，我最爱的安琪，快来救救我吧，快来拯救拯救我的灵魂吧！

永远爱你的苔丝！

此时，她致信求救的那个人正在异国他乡。他的日子也并不好过，甚至可以说是非常悲惨，重病之后，安琪的身体一直都没康复，而且经营农场的计划也一点点地归于失败。和他一起到巴西的大批农业工人，不是正受苦受难，便是已经死亡。

国外的这段凄惨经历使他在心境方面仿佛老了十年。原来，他事事要求完美，不容一点儿瑕疵，可现在，他觉得人生不仅有美丽，更有凄婉。他对这个现实的世界有了更深一层的认识，什么是道德？什么是美？什么是丑？往往不在于一个人的历史，也并不在于事情的结果，而在于其本身的品质，在于其精神。

安琪的世界观改变了，那么他对苔丝的态度也慢慢改变了。他很后悔当初那样轻率简单地去评判苔丝，他将他与苔丝的事对他的同伴讲了，他的同伴年龄比他大，是一个见多识广、心胸开阔的人，因此在看待问题上更开通，更豁达。他对安琪说苔丝的过去根本就代替不了她的本性和她的未来，安琪压根就不应该离开苔丝。

这个人随便的几句话给安琪造成了重大的影响，他不禁为自己的狭隘固执而惭愧起来。回想起苔丝结婚那天晚上所说的话，和苔丝看着他的那双坦率、真挚的眼睛，他开始能渐渐理解她了，现在的他说什么也不会再说出要遗弃苔丝的话来了。

可惜的是，他对苔丝的旧情复燃恰恰发生在苔丝写信求救之前，那时的苔丝正在弗林库姆梣农场严格地遵守着当初的决定，不敢冒昧地给他写信。其实他早就忘记了当初自己对苔丝的命令，他将苔丝的沉默理解为自己对她采取冷酷态度后的回应。虽然后来，安琪的父亲收到了苔丝的信件并把它转寄了出去，但由于安琪身处南美洲内陆，竟又耽误了很久……

两个有情人就这样又互相误解了彼此。

·品读与欣赏·

亚雷克的再度出现使苔丝陷入了极度痛苦中，他三番两次地纠缠苔丝，使得苔丝在万般无奈中渴望安琪的回归，但安琪此时正远在巴西承受着人生的磨炼，他对苔丝的看法也在逐渐改变中，可惜遥远的距离阻碍了两个人的沟通，安琪能否归来？苔丝的命运将转向何处？这些都深深牵动着读者的心。在本章中，作者运用大量的语言描写展现出亚雷克的丑恶嘴脸以及苔丝坚定的拒绝、痛苦的挣扎。

·学习与借鉴·

1.对比手法：在仓库布道的亚雷克胡须、衣着、语言等都和过去的他形成鲜明的对比，但这更加突显出了他内心的邪恶，这是任何外在都掩饰不了的。

2.语言描写："嗨!苔丝,我又来了!"通过这一句话，就将亚雷克对苔丝的可恶纠缠表现得淋漓尽致。

第十五章　走投无路

苔丝每天沉溺于幻想之中，希望安琪能早日回来，她一天天地数着日子，这天，在报喜节前夕……

苔丝正躺在床上翻来覆去睡不着，事实上，自从结婚的那天起，她就一直是这样。忽然，"咚，咚，咚"外面传来了敲门的声音，苔丝打开房门，借着屋内幽暗的烛光，她看到一个高高瘦瘦的姑娘站在门口，"姐姐！"姑娘开口叫道。

"丽莎？"苔丝非常吃惊。她已经一年多没有见到家人了，当初她离开家的时候，她的妹妹还是小孩子，没想到仅仅一年，丽莎便出落得如此标致动人了。

"嗯，是我！累死我了，我可算找到你了！"

"你怎么找到这儿来了？家里发生什么事了吗？"苔丝急切地问道。

"是啊，咱妈生病了，大夫说快要不行了，咱爹现在身体也不太好！弄得我们这几个人都不知道咋办好了！"

"行，你别急，先进屋！"苔丝愣了半天神儿，才想起把妹妹让进屋来。

当晚，苔丝将妹妹安顿好后又跑到玛莲和伊丝那里，让她们帮忙向农场主请假。之后，她顶着月光，挎上包裹，匆忙上路了，她必须要赶快回到家里去。

苔丝连夜赶了五个多小时的路，终于在凌晨三点钟的时候，进了马勒村。远远地，她便看到了她家的房屋，透过窗户若隐若现地还能看到一点点光亮，不过这点光亮不但没有给她带来任何信心与希望，反倒给人一种绝望、凄凉的感觉。

苔丝连夜回家看望母亲，内心本来就很着急，自家窗户里透出的光亮又若隐若现的，从而使得整个气氛更加凄凉。【渲染气氛】

她轻轻地推开房门，没有惊动任何人，一个看护她母亲的邻居正趴在床边睡着了。她叫醒邻居，感谢她多日来的照顾，并让她赶快回家休息，从这位好心人的口中，她得知母亲的病情还是不见好转，很让人忧心……

早晨，她做好早饭，叫醒家人，她惊喜地发现弟弟妹妹们都长高了，他们身上的衣服早已跟不上他们成长的步伐了。而她的父亲还是像往常一样靠在椅子上，每天神志不清地做着白日梦，身体时好时坏，并不硬朗。

苔丝之前接济给家里的钱早已经用光了，现在，老两口生病急需用钱；孩子们穿衣吃饭急需用钱；自家的土地还没有耕种……家里的很多事情都要等着她来处理。

她在邻居那里弄了一些秧苗，种了下去，又拿出自己仅有的几件衣服改完后给弟弟妹妹们穿……在她回来的两周后，家里的境况改善了许多，母亲的病情有了好转，父亲也可以出来帮助她看管庄稼了。在这段时间里，她忙得几乎忘记了一切。

然而，有人似乎不愿意让她忘记，在苔丝回到家后不久，亚雷克也紧跟着来到了这里，每天都缠着苔丝，在她的耳边说着“动听”的话语，用各种物质条件来引诱苔丝，逼她就范。

这天，亚雷克穿起了帮工的粗布长衫，拿着叉子，来到苔丝家租种的田地里，帮忙翻耕土地。

苔丝不愿意跟这个帮工说话，既然撵不走他，就只能不管他。

“苔丝，我已经想好了，无论你怎样反对，我都要让你过上好日子，一会儿你回到家，就能看到我都为你做了什么。”

“哦，亚雷克，请你不要给我家任何东西，这样做不对，我不要！”

“对于我来讲，这是对的，我不能看着我心爱的女人受苦！”亚雷克一副义正词严的样子。

“不，你不懂，我身体上的这点儿苦压根不算什么，精神上的才……”

“哦，我明白了，你是在为你的家人，你的弟弟妹妹们难过是吧？既然这样，你就更应该接受我的帮助！”

苔丝猛地一震，他的话击中了她的要害，她无论受多大的苦，遭多大的罪都没有关系，可让她眼睁睁地看着自己的父母，自己的弟弟妹妹们也这样，她便于心不忍了。

这时，她的小妹妹从远处踉踉跄跄地跑了过来。

“踉踉跄跄”这一动作将苔丝小妹妹的心慌、急迫生动地表达出来，让人忍不住猜想一定有重要的事情发生了。【动作描写】

“姐姐，快回家吧，妈妈和丽莎姐姐都在哭呢，家里面来了好多人，他们都说爹死了！”这个孩子只知道这件事很严重，但幼小的她还不知道这件事的悲惨，“说是什么心肌梗死！”

苔丝强忍住悲伤，飞奔到家中。杰克·德北在做了一辈子的白日梦、富翁梦后如今真的离开了人世，德北夫妇就这样调换了位置，病入膏肓的母亲取代了每天哼哼唧唧的父亲活了下来……

但悲伤远远不止于此，苔丝家所住的房子，按照合约只允许住到杰克·德北这一代，现在他一死，租期也就满了，还未等德北先生下葬，房主便早早地过来催了。

世界上的事就是如此，你可以称为巧合，也可以称为轮回。多年以前，作为豪门望族的德伯氏，一定毫不客气地多次将佃户驱逐出门，当时的他们一定不会想到同样的情形竟然会发生在自己的后辈身上！

又到了一年的年尾，新的一年即将开始，大规模的农业人口流动又开始了，一些地方的老农工离开农庄迁往新的农庄，其余地方的人们又涌进这一农庄，开始新的生活……

苔丝一家已经无法继续在马勒村生活下去了，他们一家已经成了这个村子

站在同村乡亲们的角度来看苔丝一家是有伤风化的，这实际上也是当时社会绝大多数人对苔丝一家的看法、评价，这从侧面描写出了苔丝一家的不幸。【侧面描写】

里道德风化的反面教材。做父母的时常喝个烂醉；家里的孩子没有受过多少良好的教育；而那个长相标致、性格倔强的大女儿呢，又有着离奇的婚恋史。

他们搬家的前一天，亚雷克又来了。苔丝正坐在窗前看外面的蒙蒙细雨。

“你没看见我吗？”穿着雨衣的亚雷克站到了窗外，与苔丝隔窗相对。

“没有！”苔丝心不在焉，她总觉得是她的不幸牵连到了家里。

“别难过了，苔丝！这样吧，我和你说件事吧，分散一下你的注意力。”他顿了顿，用非常正式的语气讲起了一个故事……

这则传说为下文苔丝杀死亚雷克的结局作出铺垫。【铺垫】

那是一个传说，是有关德北，也就是德伯家族的传说。故事的内容大概是这样的，据说在很久以前，德伯家族的一个女孩长得非常貌美，后来她被一个贪婪好色之徒看中抢了去，为了反抗，这个手无缚鸡之力的女孩竟奇迹般地将那个流氓给杀了。

故事讲完了，苔丝仍旧没有吭声，她转回头走到柜前开始收拾自己的行李，别的东西几乎已经都收拾完了。

“你要干什么？离开这儿吗？”

“是的。”

“你们打算住到哪儿去啊？”

“王陴，我们已经在那儿租了房子，母亲想去那儿，说那里离我们的祖先很近。”

“你们那样多麻烦啊，还不如迁到我家去住呢。我家的房子一直空着，你们来了正好，我也可以帮助照顾你的弟弟妹妹们。我是真心想帮你，苔丝！”

“可我们已经在王陴找好了房子，我们要在那儿等……”

“等什么？你的丈夫？哦，苔丝，你别傻了，我太了解男人了，他是不会原谅你的，更不会回来找你的。搬到我那儿去吧，我们可以让你的母亲养点儿家禽来打发时间，让你的弟弟妹妹们到一个好的学校去读书。”

“哦，我求你了，离我远一点儿，不要再和我说这样的话，不要再来诱惑我……”苔丝此时的心中极为复杂，已经无法再正视亚雷克的眼睛了。

“你知道我是有愧于你的，这次就当是我对你的弥补吧，我盼望着明天能听到你们在我家门口卸行李的声音，就这样一言为定吧，我美丽的苔丝！”他的声音非常轻柔，苔丝几乎已经认为他的确是悔过了，改好了，可到最后的时候，他竟然把一只手伸进半开的窗户里去摸苔丝的脸。苔丝猛然一跳，随手将窗户关上，正好狠狠地夹住了亚雷克的手臂。

“跳”“关”“夹”几个连续的动作将苔丝对亚雷克的厌恶表达得淋漓尽致。【动作描写】

“啊，该死！你太狠心了！”他抽回胳膊，疼得满地乱转。

“去死，我不要你的钱，我有的是钱！”苔丝大声地叫喊着，胸口因为愤怒而猛烈地起伏着。

“你有钱？你哪来的钱？”

“我——只要我开口，我公公会给我的！”

“哈，开口？就凭你？苔丝，恐怕你是永远也开不了这口的，你宁可累死、饿死，也不会向别人求救的！”他揉着夹红的胳膊离开了。

苔丝呆呆地坐在窗前，眼泪噼里啪啦地落下，她觉得自己此时孤立无援，就连她的丈夫也像别人一样对她太残忍了，以前她从未出现过这样的念头，可如今的现实却让她很难平静下来。她在心底发誓，自己从未做过任何坏事，可为什么老天总是无休无止地惩罚她呢？

苔丝的这段心理反映出她对安琪、对自己的命运开始有抱怨。【心理描写】

她激动地抓起一张纸，潦草地写着：

安琪，你怎么就这样残忍呢？我是那样的爱你，无论我之前犯了什么样的罪过，你也不能这样狠心啊，你真是太狠心了！难道我们的过去你就真的都忘记了吗？都不顾及了吗？好，那么我也要忘掉你，想尽一切办法忘记你，我实在受不了了，受不了了！

苔丝

她跑出去将信送给信差，现在的她什么都顾不上了，无论她写什么样的信，她的丈夫都无动于衷，既然如此，恳求还有什么用呢。

第二天清晨，苔丝早早便起了床，她朝窗外望去，只见天气阴暗、大风呼啸，但好在还没有下雨，搬家的时候最怕下雨了。

“天气阴沉”“大风呼啸”，在如此恶劣的环境下还要搬家，表现出苔丝一家的痛苦无助、悲哀凄凉。【环境描写】

马车来了，大家一起往车上搬东西，

这个家因为德北太太的熏染，再困苦的事情到了她和孩子们那儿都不算什么，事情一过，就又都高高兴兴的了。他们把大的家具放在马车的四周，将床和被褥放在了中间，饭锅直接就挂在马车轴杆上，全家人高高地坐在车上，为了节省空间，德北太太更是干脆将大钟抱在膝上，每当马车颠簸一下，那个年代久远的大钟便发出“咚”的一声。

她们走到村口时，几个相对要好的邻居前来告别。他们满嘴说着万事如意、一路顺风之类的话，但心里面却都觉得像德北这样的家庭，诚实、不要心机，只知道让自己吃亏却从不害人的家庭，无论在以前还是将来，其实都是不会有什么好日子过的。

马车离开了马勒村，这个苔丝出生和成长的地方……

一路上，他们遇到了许多搬迁的人家，有的垂头丧气，有的喜气洋洋。当他们路过一家客店，车夫进去找水时，另一辆搬迁的马车引起了苔丝的注意，坐在车上的女人和站在车下的人们来回传递着一种好看的蓝色酒罐，苔丝顺着传递的手向上望去，结果发现了一张圆圆的无比熟悉的脸，在那个圆脸女孩儿的身边，是一个肤色苍白、惹人疼惜的姑娘。

“玛莲！伊丝！”苔丝惊喜地叫着。

原来她们也离开了弗林库姆梣那个寸草不生的地方，现在正跟着寄寓的家庭一起搬迁。

“你走了以后，那个老是缠着你的家伙又跑到弗林库姆梣去打听你来着，但我们都没告诉他你在哪儿。”玛莲探着头，低声说道。

“唉！可是他还是找到了我！”苔丝叹了一口气。

“那你这次搬家，他知道吗？知道你搬到哪儿去吗？”

“应该知道。”

“克莱尔先生回来了吗？”

“没有。”苔丝痛苦地摇了摇头。

玛莲等人乘坐的马车高大威猛，苔丝一家的马车却惨不忍睹。对比之下，突显出苔丝一家的落魄悲惨。【对比修辞】

这时，两辆马车的车夫都从客店里走了出来，她们只好相互告别，各自登车启程。她们走的是完全不同的方向，玛莲她们所乘的马车是由三匹看上去非常健壮的黑马拉着，马车漆得很亮，车上还带着好看的雕刻，马具上的配饰即使在这样阴暗的天气里也依旧闪闪发光。相比之下，苔丝一家乘坐的马车简直惨不忍睹，两匹瘦弱的老马在前边挣扎着，每走一步，车子都嘎吱嘎吱地直响，老马也呼呼地喘着气……

他们从清晨出发，整整走了一天，终于来到了一个山坡顶上，这也真够那两匹老马受的。从山顶望去，下面便是她们此行的终点——小镇王陴，也是德伯家族以前的聚居地。

远处，一个人从镇子外向他们走来。

“这位就是德北太太吧？”他将脸转向车上的老妇人。

“嗯，我就是那个刚刚去世的没落贵族杰克·德北的遗孀，现在我们正要赶回我们祖辈居住的地方呢。”

“哦，那就对了，我来这儿正是要告诉你们，非常遗憾，你们原来定的房屋已经租给别人了，我不知道你们要来，你的信我今天上午才收到，可房子早在前天便租出去了。不过没关系，我相信你们一定会在其他的地方找到房子的！”

苔丝的脸顿时变得惨白，母亲也露出无助的神情。

> 苔丝的脸变得惨白，母亲神情无助，这些神态的变化都反映出房子转租给他人的这件事对苔丝一家来说无疑是雪上加霜。【神态描写】

“怎么办啊？苔丝，怎么会这样呢？这就是我们的故土欢迎我们的方式吗？我们现在得去哪儿啊？”

“既然已经到了这儿，那就先进了镇子再说吧！”苔丝有气无力地说道。

他们进了镇子，在一个教堂附近卸下家具，车夫驾着马车离开了。

德北太太带着丽莎去寻找住处，苔丝留在家具前照顾弟弟妹妹们。苔丝望着那一堆破铜烂铁，心中无限感伤，早上她的母亲和弟弟妹妹们还兴高采烈地规划着今后的生活将如何如何，现在看来，那可真是一个绝妙的讽刺！至于他们的祖辈，他们原来的房屋、地产、长廊也都在冷眼旁观着他们，仿佛与自己毫无关系似的。

> “破铜烂铁”借代苔丝家的家具，从中可以感受到苔丝家家道衰败，让人心生怜惜。【借代修辞】

一个钟头之后，母亲和丽莎回来了，看见她们那失望的神情，苔丝便知道房子的事儿仍没有着落。

德北太太又在教堂和教堂墓地里转了一圈，“坟地能称得上是我家现在的地产吧！孩子们，今天我们就住到这儿了，就住在你们祖辈的旁边。”

大家心情沉重地忙活着，将床支在教堂的南墙之下，在床的下方，就是古老的德伯氏家族的墓穴。这个古床还是杰克·德北的父亲传下来的呢，看上去已经很有年头，在这张古床的上方有一个美丽的窗户，窗户的四周绘着别致的图案，那与德伯氏家族的印章及古老钥匙上的家徽一模一样。

"唉！没想到咱们会落到这步田地，你啊，嫁给那个阔人算是白嫁了！"

德北太太的一句抱怨彻底地摧毁了苔丝心中的最后一点儿坚持，她觉得胸口仿佛有什么东西在堵着，喘不过气来，于是起身向墓地走去。

苔丝的背影消失在了黑暗的墓地中。这时，一个人骑马赶了过来，借着最后一点点太阳的余晖，德北太太认出了那是亚雷克。

"苔丝在哪儿？"

德北太太对这个人没有一丝好感，敷衍着胡乱地朝墓地方向指了指。亚雷克走上前去，对她说刚刚知道了他们的难处，对此他很遗憾。德北太太看了看他，没再搭腔，起身走到孩子们的身边，用背对着他，不再回头了。

将苔丝比喻成"孤魂野鬼"，突显出了她此时的无助与悲伤。【比喻修辞】

苔丝像个孤魂野鬼一样，在附近的墓地转了好久，最后她来到了教堂，教堂的门没有锁，她推开门走了进去。

几百年来，德伯氏的贵族们都在这里安葬，那些坟墓都是神坛式的，上面都盖有天蓬，经过了这么多年，上面的碑文现在已经看不清了，纪念铜牌也早已掉落，上面只剩下了一个又一个的窟窿……到处都是一番残破的景象。

她走到一块黑黑的石头旁边，拨了拨上面的尘土，上面用拉丁文刻着：古老世家德伯氏之墓门。

苔丝知道这里面便是她父亲常常提到的那些高贵的祖先们。

她默默地转身，继续打量着周边的一切，突然，一个古老的神坛吸引住了她的目光。之前，她并没有注意那个神坛上面还横躺着一个人形，远远望去好像一尊雕像，但她又觉得那尊雕像似乎在动，她的心中出现了一个古怪的幻想，壮着胆子走到雕像的旁边。

当她走近时才发现那根本就不是什么雕像，而是一个活人！这里面竟然还有别的人？她一阵惊吓，差点儿晕了过去。

那个人从神坛上跃下，一把将她扶住。

"我知道你进来了，怕打扰到你，就跑到那上面去了！"厌恶的声音在苔丝的耳边响起，她知道又是亚雷克。

"这里住的可都是你们的老祖宗啊！别说，你们在这儿，也算是合家团圆了！"

他狠狠地在地上跺了几下，一阵空洞的回声响起。

亚雷克"狠狠地在地上跺了几下"，这个细节表现出了他对苔丝祖先的蔑视以及对占有苔丝势在必得的邪恶凶残。【细节描写】

"呵，你说我这么跺脚，他们——你们的那些老祖宗们能不能感觉得到？你刚才一定以为我是一个雕像吧？不过我比起你的那些祖先雕像来可厉害多了，现在他们管不了你，可我能！”

“你走开，我不想见到你！”

“唉，好吧，那我先去找你的母亲！”他走到教堂的门口，又转过身来，“苔丝，早晚有一天，你会对我客客气气的！会什么都听我的！”

苔丝趴在墓地的入口处，嘴里喃喃地说道：“我为什么偏偏待在墓门外边，而不是躺在墓门里面呢？”

·品读与欣赏·

苔丝没有等到丈夫的归来，却等到了父亲的离世，她的家庭彻底陷入困境。在最需要安琪帮助她的时候，亚雷克开始对她死缠烂打，并用苔丝最在意的家人来刺激她就范，而煎熬中的苔丝，未来将走向何处呢？作者在此埋下伏笔，吸引着读者在下文中继续关注苔丝的命运。

·学习与借鉴·

社会环境描写：作者在文中穿插了大量社会环境描写，如在苔丝一家迁徙的途中，还有很多人家同行。这实际上交代了整个故事发生在随着资本主义的不断深化，农业生产模式开始改变，农民流动性很大的社会背景中，这也体现出作者对当时社会的深刻思考，即在这个变化的时代里，苔丝的个人命运充满不可避免的悲剧性。

第十六章　破镜难圆

在经历了一段痛苦的人生洗礼后，安琪终于在一个太阳西垂的傍晚，回到了爱敏斯特。

“啊，我的儿子回来了，终于回来了。”克莱尔夫人兴奋地嚷着，现在，她对儿子曾经的过错已经丝毫不在意了。要知道，世界上任何一位母亲都会将自己的子女放在第一位，从而放弃那些福祸报应的理论。克莱尔夫人自然也不会意外，她细细地打量着好久未见的儿子。

“哦，我的儿子怎么变化这么大啊？我几乎都要认不出来了。”她不免有些伤心，转过身子不愿再看到儿子此刻的可怜样。

父亲对安琪的变化之大也感到非常意外，他知道儿子在家庭生活中遭受了重大挫折，所以才决定出国历练。而如今饱经风霜的儿子站在自己的面前，形如槁木，好似幽灵一般，原本明亮的眼睛失去了光泽，原来饱满的面容变得消瘦，整个人好像比他实际的年龄衰老了近二十岁。

“父亲，母亲，我只是在外面大病了一场，不过还算幸运，现在已经康复了。”说这番话的时候，他的双腿还在不停打晃，好像是在向别人轻轻摇头。而实际上这只是由于他长途奔波后的劳累所致，为了避免自己继续软弱，安琪赶紧坐了下来。

“最近有我的信吗？我差一点儿就没收到你们最后转寄来的信，要不然我会更早一点儿回家的。”

“你说的是你妻子写给你的那封信吧？”

“对，就是那封。”

最近苔丝只寄来一封信，因为安琪马上就要回家了，所以就没再转寄给他，听到儿子问起，父母连忙拿给他看。

安琪激动不安地看着苔丝的潦草字迹，那里面充满了伤感。

“她可能永远都不会原谅我了。”

“儿子，你实在没有必要为了一个乡下丫头伤心难过。”母亲安慰他。

“乡下丫头？哦，母亲，我真希望她是如你所说的那种傻丫头，可是你们知道吗？她是古老尊贵的德伯氏后裔，只不过现在衰落了，才被人认为是乡下丫头，过着平淡无奇的生活。”

安琪没有再多说些什么，而是上床睡去了。第二天起床的时候，他感觉不太舒服，就留在屋子里胡思乱想：当初是他将苔丝抛弃了，一个人跑到地球的另一面对妻子不闻不问。他一直以为他任何时候想原谅妻子了，都可以跑回来重新接纳她，这几乎没有任何难度。然而现在他是回来了，但事情却好像发生了改变，从苔丝最后给他的这封信中可以看出她作为一个拥有着热烈情感的女性，对丈夫的看法已经从原来的一味难过变成一种责怪了，而这种改变在安琪的眼里还是一种正确的改变。他不禁开始怀疑自己能否再次拥有苔丝？他想直接去找苔丝，但苔丝能接受他吗？如果她已经不再爱他甚至怨恨起他，那他又该怎么办呢？

想到这里，安琪决定先写一封信寄到马洛特去，要让苔丝和她的家人都知道他已经回来了。他真心希望苔丝依然在娘家住着，依然在等待他的归来，但一周后德北太太的回信并没有让他的希望成真。从信上来看，苔丝应该没出什么事，但行踪未定，看来她们家人都对自己弃苔丝于不顾的事耿耿于怀，不过好在的是从信上的口气来看，苔丝可能用不了多久就会回去，这也算是个欣慰的消息了。

安琪又在家里住了两天，因为没有苔丝最新的消息，他又忍不住翻出苔丝苦苦求救于他的那封信，一字一句，再次震动了他的心灵。安琪觉得他不应该再揣测苔丝现在的态度，而应该立即去找她。此时父母也知道了儿子和苔丝分离的真正原因了，并由此对她产生了深切的同情，可以说苔丝以自己的罪过赢得了安琪家人的认可。

很快，安琪就坐在马车上离开了家，行驶在苔丝曾经满怀希望却又失望而归的山路上，路两边的树木吐出了新芽，花儿羞涩地等待开放，一派欣欣向荣……但他却无心留恋，他想的只是要快点儿见到自己的妻子。

安琪到达了布莱克摩山谷，但他却发现苔丝家的房子已经卖给了别人，而新主人连苔丝的名字都搞不清楚。后来经过多方打听，安琪才知道德北先生已经过世了，德北夫人和孩子们已经搬到了别的地方。不幸之中的万幸，安琪总算知道了他们目前所在的地方叫什么，于是他又连忙赶往此处，傍晚时分，他终于找到了岳母家。

德北太太的家坐落在小村庄里离大路很远的一个有围墙的园子里。很显然，德北太太并不想见到他，而他自己也觉得突然找上门来有点儿不好意思，所以站在门前迟疑不决。此时，夕阳西下，德北太太走了出来，落日的余晖正好洒在她的脸上。

这还是安琪第一次见到自己的岳母，她是一个很有几分姿色的中年寡妇，安琪向她表明了自己的身份并要求立即见到苔丝。

“可是她根本不在这儿啊！”德北太太说道。

“那她现在好吗？”

“我也不清楚。先生，您是她的丈夫，您自己应该知道的吧。”

“是的，这我承认。那您知道她现在住在哪儿吗？”

不知为什么，从德北太太和安琪开始说话的时候，她就总是遮遮掩掩，很难为情似的。

“我真说明白她现在在哪，以前曾在……但是……”

“她以前曾在哪儿？”

“但是她现在不在那儿了。”

德北太太依旧闪烁其词，这时，有几个孩子走了过来，其中的一个扯住她的衣角问道：“妈妈，这就是要和姐姐结婚的那位先生吗？”

“他们已经结婚了。”她低声说道，“快回去！”

安琪看到他们这些奇怪的表现，不禁又问道：“您觉得苔丝她想见到我吗？如果她不想，那么……”

“我觉得她不愿意见到您。”

“真的吗？”

“真的。”

安琪失望地转身，突然，他又想到了苔丝的那封信。

“她一定希望见到我，没有谁比我更了解她。”他显得非常激动。

“也许吧，先生，我还真是不太了解自己女儿的脾气。”

“那么求您告诉我吧，太太，可怜可怜我吧！”

德北太太痛苦地搓揉自己的脸颊，终于低声说出四个字“她在沙埠”。

安琪如释重负，当即向德北太太告别，马上赶往沙埠，当他到达沙埠的时候已经是深夜了，他找好旅馆并打电报通知了父亲，随后他走到了大街上，要知道这对他来说注定是一个不眠之夜。

这是个漂亮的海滨小城，松林茂密，海水荡漾，在这如诗的美景中参差坐落着不少精致奇巧的豪宅，在夜色的掩映中，迸发出神秘的光彩。

安琪不禁有点奇怪，苔丝作为一个农村姑娘，怎么会来到这样一个繁华之地啊？这里没有耕地，没有奶牛……她是来这儿做女仆吗？带着这种揣测，安琪又回到旅馆，睡觉之前，他又翻出苔丝的那封信仔细读着……他久久不能入睡，和苔丝同处一地，他急切地想知道自己的妻子在哪扇窗户后熟睡着？

一夜未眠。一大早，他就起床出门，路上他遇到了一个邮差。

“您知道这里住着一位克莱尔太太吗？”安琪问道。

“不清楚。”

“就是德北小姐。”安琪突然想到苔丝可能还在用自己之前的姓氏。

“德北？”邮差也没什么印象，“先生，您知道这个地方每天人特别多，如果您不知道详细的住处，很难找到人。”

正在安琪为难之际，又有一个邮差走了过来，安琪又询问了一遍。

“先生，我没听说过有姓德北的，不过倒是有个姓德伯的住在苍鹭。”安琪一听到这个答复立刻想到苔丝也许改用真姓了，心中不免狂喜：“对！对！对！我就是要找那个人，苍鹭在哪儿啊？”

好心的邮差告诉了安琪详细地址，安琪连连道谢后急忙上路。到达苍鹭后，他发现这是一处豪华的公寓，一个送牛奶的人恰好也到了这里。“估计苔丝一定是在这里做女仆，她一定会在后门取过牛奶”，他一想到此，身子也不由地跟到了后门，但又觉得有些不妥，就又转回了前门，伸手按了门铃。

一个中年妇女打开了门，安琪想可能这是老板娘吧，于是向她问道：“请问，这里是不是有一个女人叫苔丝·德伯，哦，也叫苔丝·德北？”

“你说的是德伯夫人吧？”

“是的，就是她！”看来苔丝还是以已婚的身份示人的，安琪心里很高兴，虽然苔丝用的是自己的姓氏，“我是她的一个亲戚，很想见到她。”

“哦，现在还早啊，先生，您贵姓？”

“安琪。”

“安琪？”

“我叫安琪，你这么告诉她，她就知道了。”

“好的，我去看她有没有起床呢？”

安琪被领到了饭厅，这儿的窗户都挂着窗帘，窗口外是一片郁郁葱葱的草地，上面花丛绚烂。看来苔丝的处境还不错，安琪猜想她一定是变卖了首饰，他觉得她的这种做法是正确的，无可厚非。突然，他听到楼梯上传来了脚步声，他的心开始“噗通——噗通——”地狂跳，“天啊，我要见到她了，她看到我现在的模样，会怎么想呢？”他不安地自语，饭厅的门终于被打开了。

门口处出现了苔丝的身影，她披着一件浅灰色羊毛晨衣，那上面还绣着精美的花纹，白皙的脖子周围露出简约的花饰，那一头美丽的秀发啊，一半挽在脑后，一半披在肩上——那副惺忪慵懒的姿态啊，让她的美丽更胜当初！

安琪将手臂伸了出去，很快又垂落下来，因为他发现苔丝就是淡淡地站在门口，没有对他的到来表示出丝毫欣喜。

“苔丝！”安琪道出了那声久违的召唤，“原谅我吧！我现在回来了，你不高兴吗？你怎么会变成现在这副样子？”“太晚了，太晚了！”她叫着，脸上一副痛苦的表情，“不要过来，安琪！不要过来，你最好现在就走吧！”

“亲爱的，是不是因为我现在落魄不堪，你就不再爱我了？但我知道你绝不是那样的女人——我多么希望我们能重新开始啊——你知道吗？我的家人都很欢迎你回去！”

“好——真好——太好了！但对我来说，一切都太晚了！”

她好像一个梦游中的逃亡者，急于逃开却又迈不开步：“难道你什么都不知道吗？不，你一定知道了，要不然你怎么会找到这里来呢？”

“我一路打听，才终于知道了你的下落啊！”

“我等着你，一直在等着你。”苔丝的声音轻柔悦耳，好像一切回到了往昔，“但你却始终都不回来！我给你写信，你也不回来！他总说我是个傻瓜，不要再等了，你永远都不会回来了！他对我很好，对我的家人也很好。他……”

“苔丝，你在说什么？”

“他又把我弄回去了。”

安琪紧紧地盯着她看，终于明白了她在说什么，他觉得自己好像重病缠身，一点儿力气都没有了。

“他现在就在楼上，我恨死他了！恨死了！他骗我，他骗我说你永远都不会回来了！我现在被他摆弄着，安琪，你走吧！永远都不要回来，可以吗？”

苔丝和安琪一动不动地站着，好像两尊雕像。

"这都是我的罪过啊!"安琪突然爆发出一声悲叹。接着,他便不再说什么了,他隐隐约约地感觉到面前站着的这个肉体已经不是苔丝本人的了,这只是一具行尸走肉,而苔丝的灵魂已经飘远……过了一段时间,苔丝离开了,安琪拖着他那踉跄的脚步来到了街上,他似乎并不清楚自己要到哪里去,只是漫无目的地游荡着……

·品读与欣赏·

在本章中,安琪终于回来了,带着自己对苔丝的忏悔与思念回来了。他从德北太太那里知道了苔丝已经到了沙埠,但是却并不清楚苔丝在那儿做什么,带着疑虑安琪找到了苔丝,结果让他吃惊的是苔丝变得更漂亮了,但她却不再属于自己了。作者在本章中通过对外貌的刻画向读者展示出男女主人公人生经历的变迁。

·学习与借鉴·

1.外貌描写:"形如槁木,好似幽灵一般,原本明亮的眼睛失去了光泽,原来饱满的面容变得消瘦",从安琪的这些外貌变化中可以看出他在国外经历了痛苦的磨练。

2.环境描写:"这是个漂亮的海滨小城,松林茂密,海水荡漾",苔丝生活在如此优美的环境中,不禁让安琪和读者都充满疑惑,产生强烈的阅读兴趣。

第十七章　最后的审判

布鲁克斯太太是“苍鹭”公寓的老板娘，是个典型的生意人，每天算计的都是如何赚房客更多的钱，至于其他事情，多半都不放在心上。但是今天却有点儿意外，安琪一大早就来拜访她的两位出手大方的房客——她一直以为是一对夫妻的德伯先生和德伯太太，着实让人有些奇怪，这一反常的气氛足以调动起她的敏感。

她注意到苔丝一直站在门口和安琪说话，从自己房间虚掩的门的空隙中，布鲁克斯太太听到了只言片语，紧接着她听到苔丝上楼的脚步声，听到了安琪转身离去的声音，听到了楼上房间的关门声，她知道苔丝已经回到自己的房间了，估计要梳妆打扮一段时间，一时半会儿不能下楼的。

于是，布鲁克斯太太也静悄悄地上了楼，来到了客厅的门口，客厅的后面就是卧室，中间有两扇门隔着，楼上的这套房间是这座公寓里布置最好的房间，全被德伯先生租了下来。这时，卧室里面很安静，但客厅里却传出奇怪的声音。

她侧耳倾听，只听到一阵呻吟声“呜……呜……”，接下来是一片死寂，然后是一声叹息，紧接着又传出“呜……呜……”。

她从钥匙孔的空隙中向里探视，虽然能看到的东西很有限，但却能看清桌子上摆好了早餐，桌旁是一把椅子，椅子旁跪着一个人——正是苔丝！她将脸埋在了椅子上，手紧紧地抱住头，衣服的下摆全都堆在地上，脚上的鞋掉了下来，连袜子都没穿，光脚踩在地毯上。那断断续续的呻吟声就是她发出来的。

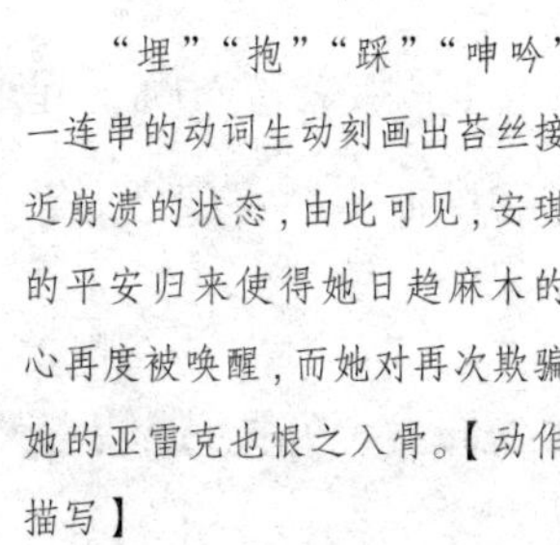
"埋""抱""踩""呻吟"一连串的动词生动刻画出苔丝接近崩溃的状态，由此可见，安琪的平安归来使得她日趋麻木的心再度被唤醒，而她对再次欺骗她的亚雷克也恨之入骨。【动作描写】

"你这到底是怎么了？"一个男人的声音传了出来。

她没有正面回答，而是自己念念叨叨，音调忽高忽低，"但是我那最爱最爱的丈夫回来了……可我竟然什么都不知道……你一直残忍地骗我……不肯放过我……啊……一直不肯放过我！你总在那儿说我家人需要什么……总用这些话蛊惑我……最可恨的是你说他不会回来了……说傻瓜才会一直等下去……我到底没有坚持住，放弃了所有的希望，遂了你的意……但是他回来了，又走了，永远地走了……再也不会回来，再也不会爱我了，他会恨我……我终于彻底失去了他，这都是你的错！你的错！"她痛苦地挣扎，本是低垂的脸抬起来，正对着门口，布鲁克斯太太看见她的嘴唇都被自己咬破了，双眼紧闭，泪水早已染湿了面颊，"他病得很严重，看样子都活不了多久了……我的过错最终会要了他的命，可我却还是这么无耻地活着……啊，我算是彻底被你毁了……我苦苦地哀求你不要彻底毁了我，可你终究还是……我的丈夫啊，不能……

再也不能……啊！天啊！我无法忍受了，再也无法忍受了！”

屋里的那个男人又说了几句讥讽的话，然后是一阵混乱的声音，紧接着苔丝跳了起来。布鲁克斯太太以为她要跑出来呢，唯恐和她冲撞在一起，就急匆匆地先行下楼了。

她在楼下等了一会儿，发现楼上并没有人出来，不由得想再去上面看个究竟，但转念又觉得不妥，所以就先回到了自己的房间里。

她一直关注着楼上，但却没发现什么异常。她走进厨房吃了早餐，回到自己的屋里做些针线活计，她想等楼上的客人吃完饭叫人收拾餐桌的时候，她再走进去看个究竟。她隐约地听到楼上传来一些声音，好像有人出门了。果然，是苔丝穿戴整齐地走了出去，好像是要上街的样子，奇怪的是，她在帽子上披了一个面纱。

布鲁克斯太太并没有听到楼上两位房客彼此道别，于是想这可能是由于两个人刚刚争吵过，也可能是那位德伯先生又睡下了，要知道那位男房客总有赖床的习惯。

她又回到自己的房间里，拿起刚才的针线活计接着做。半晌过后，女房客没回来，男房客也没有叫人上楼，她不禁感到很奇怪，还有一大早就来位先生拜访他们，他们之间究竟都是什么关系呢？她疑惑着，身子不经意地向椅背上靠拢。

由于她整个人已经仰坐在了椅子上，所以目光自然落到了上方的白色天花板上。突然间，她发现那一片白色中出现了一个小黑点，有浆糊瓶盖那么大，这是以

> 布鲁克斯太太在天花板上发现了莫名的痕迹，而且逐渐变大，最后形成一只“红色手掌”，字里行间透露出一股诡异的气息，吸引着读者在下文中揭晓悬念。【设置悬念】

前从未有过的，更奇怪的是，它还在逐渐变大，变得快像人的手掌一样大小了。她揉揉眼睛，这才发现哪里是什么黑色，分明是红色！在长方形的天花板上，出现了一只诡异的“红色手掌”！

布鲁克斯太太疑惑不解，她爬到桌子上，踮起脚，伸出手摸到了那块印记，感觉黏黏的，好像是一滩血迹。

她连忙下了桌子，走出房间，上了楼梯，站在房客的门前，她实在没有勇气去触动那扇门，她仔细辨别里面的声音，屋里很静，只传出“滴答，滴答……”的声音。

她慌忙跑下楼，打开房门，直奔到大街上，碰巧一个平日里交情不错的邻居路过此地。布鲁克斯太太请求他帮忙，和他进屋一起去看看房客是否遭遇不幸，那个人好心地答应了，并和她一起来到楼梯口。

他们打开了房门，发现前面的客厅里一个人都没有，一大桌子早餐一动未动，只是切火腿的刀子不翼而飞。布鲁克斯太太叫邻居去里面的卧室再看一下。

这一细节实际上为下文中苔丝用刀子杀死亚雷克作了铺垫。【铺垫】

他推开门，往里走了两步，就大惊失色地退了出来，边退还边嚷道：“天啊，出事了，里面死人了！好像是被刀子捅死的——流了好多血啊！”

原本寂静的屋子被人们慌乱的喊声充斥着……很快，一名游客在床上被害的消息传遍了整个海滨小城。

此时，安琪神情木然地将自己挪回旅馆。他机械地吃着、喝着，仿佛整个世界都不再和他有任何关系。然后他和旅馆老板结账，准备离开这里。就在这时，母亲打来的电报送到了他的手上，母亲告诉他家人已经知道他到了沙埠，并为他感到由衷地高兴。还有他的哥哥已经向自己的女友求婚成功。

安琪将电报团成一团，随手扔掉，向火车站走去。到站后他发现还要等上一段时间，而他自己却是一刻都不想停留，这里装满了他的忧伤痛苦，他只想快点儿逃开，于是他开始向前方的另一个车站走去，准备到那里登上火车。

眼前的道路宽阔无边，安琪沿着道路走着，道路拐进了山谷之中，很快他就走了一大半山谷中的道路，他不由得停下来喘口气，并不由自主地回头张望，其实他也不知道自己在张望什么，可能是有什么东西遗落在走过的路上吧。突然，他看见一个点状的物体快速地移动在刚刚经过的路上。

定睛细瞧，那是一个正在向他跑来的身影，随着距离的接近，他发现那是一个女人的身影，但他无力辨认出那个人是谁，只是本能地等待着身影的靠近，终于，他看清了，那个身影竟然是——他的妻子！

“我还没到车站呢……就看见你……离开了那里，我就……一路追了过来！”她上气不接下气地说着，脸色苍白、浑身颤抖。安琪一句都没有追问，就把她拉向自己的身边，搀扶着她继续向前走，他们拐到了林木遮掩的小路上，一直走到小路深处，才停了下来。

"安琪，"她的气息平复了一些，终于可以冷静地对他说话了，"你知道我为什么追过来吗？因为我要告诉你，我终于摆脱他了！"苔丝的脸上浮现出一抹凄惨的笑。

作者描绘出苔丝脸上的一处细节——"笑"，这"笑"中有终于追上安琪后的欣喜，也有面对自己未来悲剧命运的一种坦然。【细节描写】

"摆脱他了？"安琪有点儿奇怪她的异常。

"是的，我摆脱他了……我都不清楚自己是怎么办到的。"苔丝说道，"但是为了我的丈夫，为了我自己，这么做是值得的！他太可恨了，他恶意地伤害我，更让我难以忍受的是他还间接地伤害你，他毁了我们两个人的人生。安琪，我真的很爱很爱你！我从来没有对他产生过任何好感。你一直都不回来，我实在是没有办法了，才随了他。安琪，你为什么这么晚才回来啊？为什么啊？不过我不怪你了，我只想请求你的饶恕，我知道你会饶恕我的！我不能失去你，我必须摆脱他，我做到了，我追上了你，我只想知道你还爱我吗？"

"我爱你！一直爱着你！"安琪兴奋极了，热烈的爱情恢复了，"不过，亲爱的，你是怎么摆脱他的？"

"我把他给杀了！"她的眼神变得飘忽。

"你说什么？把他给杀了？"

"他死了，他听见我因为你的回来而哭泣，就恶意嘲笑我，还侮辱你，我实在受不了，就把他给杀了！他总是嘲弄我们，我杀了他，结束了一切，然后就追你来了。"

安琪逐渐开始明白即使苔丝没有杀人，但她也有过杀人的念头。他为苔丝的这种不计后果的做法感到有些害怕，但同时也为她的深情而感动，为她那超越了世俗束缚的火热的情感而惊叹。苔丝似乎还没有意识到事件的严重性，她似乎还沉浸在摆脱一切苦难后的轻松中，她在安琪的怀里幸福地哭泣着。安琪出神地看着她，感慨于自己的妻子那澎湃的激情，不禁揣摩起她身上那古老而尊贵的德伯氏血液是非凡的、另类的，最后他感觉到苔丝一定是在经历大悲大痛的时候心理失去了平衡。

如果这件事是真的，那么她的未来将更加可怜；如果这件事只是她的幻觉，那么对她的伤害在短时间内也难以消除。但无论怎样，他可怜的妻子，他最爱的女人，此刻就在他的怀里，他理所应当地要保护她！此刻，安琪的内心，爱情占据了一切，他紧紧地搂住她，热情地吻着她，“亲爱的，我再也不会把你一个人丢下了！我爱你，不管你做了什么，我将永远在你的身边！”

他们开始继续前行，苔丝不时地看向安琪，他现在憔悴了很多，从表面看似乎失去了不少往日的风采，但在苔丝的心里，他却是完美的，一如往昔。

为了躲避可能出现的危险，安琪改变了原来去前方另一个车站的计划，而是选择进入了附近的树林中，他紧紧地搂住苔丝，生怕丢了似的，而苔丝也紧紧地搂住他，仿佛他是她唯一的依靠。他们走在一大片干树叶子上，如梦似幻，再也没有谁能拆散他们了，这方天地只属于他们两个人。就这样，他们走了很久，苔丝才有点晃过神来："亲爱的，咱们这是去哪儿啊？"

"说实话，亲爱的，我也不清楚，你怎么问起这个来？"

"我也不是很清楚。"

"没事，那我们就接着往前走，到了晚上，我们再歇息，可能我们还可以找到一间茅草屋呢，你累了吗？亲爱的？"

"哦，我没事，只要你在我身边，走多远都可以。"

他们继续加快步伐，走在大致向北的林间小路上。说来也怪，这两个人似乎是被这一天里发生的事情冲昏了头脑，竟然没人想到逃亡需要一些有效的保护措施，以至于两个人就像两个孩子似的盲目穿梭于树林中。

中午的时候，他们到了路边的一个客店，苔丝想一起进去吃点儿东西，但安琪还是让她先找个僻静的地方躲起来，要知道此时的苔丝衣着讲究，在这么偏僻的地方，极易引起别人的注意。安琪一个人去买了足够五六个人吃的食物和酒，回来和苔丝坐到干树枝上一起吃饭。吃完后稍事休息，就包起没吃完的食物继续赶路了。

"我觉得和你在一起，多远的路我都不怕！"苔丝突然说道。

从苔丝此时的语言中可以看出苔丝对安琪十分依赖，让人感觉到这两人之间的感情已牢不可摧。【语言描写】

"我想咱们还是往内陆方向走，那儿相对安全些。我估计他们很可能会先沿海搜捕，这样咱们可以在内陆躲一段时间，然后再到港口去。"

苔丝没有表示出任何异议，只是将他搂得更紧了。于是他们开始向内陆方向前行。此时正是五月时节，午后天气开始有些炎热起来，他们走着走着，进入了“新苑”深处，临近天黑的时候，他们在一座小桥的后面发现了一块牌子，上面写有出租房屋的标语，原来这里有一幢宽敞舒适的砖房可以提供给需要它的人使用。

“亲爱的，我知道这儿，这是布兰舍斯特宫。看来已经很久没人住过了。”

“那儿还开着窗户呢。”苔丝说。

“哦，那是用来通风的。”

“这儿的房子可真多，可我们现在却什么都没有。”

“哦，苔丝，你一定是很累了！放心，我们马上就可以休息了。”

苔丝的嘴唇是冰凉的，这处细节极其生动地描绘出她在逃亡路上的紧张心理。【细节描写】

安琪亲了亲她那冰凉的双唇，然后带着她往前走。

他们拖着疲惫的身体又走了一段时间，安琪也觉得快要支撑不住了，看来他们必须要好好休息一下了。他们看到远处有一些小旅馆，但是却没有勇气去，最终还是放弃了。

“我们就在树下睡，怎么样？”苔丝问道。

“其实我一直在琢磨我们刚才经过的那些空房子，我想我们还是回到那儿去吧！”安琪解释道。

临近村庄的老太太会在晴天来开窗，这一情节为下文中老太太发现他们两个人作了铺垫。【铺垫】

于是他们又折返回来，过了半个小时，他们终于又站在了那些房子前，安琪让苔丝等一下，他自己去看一下里面的情况。幸运地是，他很快打探到房子里面没住什么人，只有临近村庄的一个老太太在晴天的时候过来开开窗，当晚再过来关关窗。

“嗨，亲爱的，我们可以从窗户那儿爬进去，进里面休息休息。”安琪建议道，随后在他的协助下，两人费力地来到窗下并爬了进去。

入夜，四周出奇的静，两个人怀着对过去生活的感慨进入了梦乡……

第二天，天空下起了大雾，安琪趁着苔丝熟睡的时候出去到两英里外的地方买回了食物和一些平时用到的物品，这样能保证他们在空旷的屋子中过上几天。

第三天，第四天，第五天，他们在这与世隔绝的地方过了安静的五个日夜，没有任何人来惊扰他们，只有林间的鸟鸣相伴。他们沉浸在往昔的甜蜜和今朝的恩爱中，仿佛从来没有不幸发生过，仿佛这一刻可以静止。

到了第六天的晚上，天空开始放晴。这使得看屋子的老太婆在第七天早上起得很早，她打算将要照看的房子的窗户全部打开，彻底通通风。她来到了这里，打开了所有的门窗，然后来到位于二楼的卧室门口，也就是安琪和苔丝睡觉的屋子外，她突然听见里面似乎有人的喘息声，她以为自己听错了，刚要转身离开，却又觉得有点不对劲儿，就转过身去扭动门把，她发现锁头已经坏掉，而门的里面好像是被家具堵上了。她稍加用力，门被推离出两英寸的距离，一道阳光透了进去，照在两个熟睡的人的脸上，那是一对青年男女，女人的嘴唇半张着，好

将苔丝的嘴唇比喻成“玫瑰花”，写出了嘴唇的娇艳美丽，尤其是开放在安琪的脸颊旁，更能看出两人的爱恋之深。【比喻修辞】

像一朵玫瑰花开放在男人的脸颊旁。老太婆刚开始以为是别处跑来的无耻游民，不禁感到一阵厌恶。但细细观瞧，又发现两个人的容貌标志，旁边放着的服饰华贵，感觉好像是一对出身正派但又迫于某种压力而选择私奔的可怜恋人，心头不免生出几分怜悯，于是轻轻地关上门，选择离开了。

老太婆走后不久，两人就醒了过来。他们都觉得好像有什么惊扰了他们，但又说不出个所以然来，所以他们的不安也愈发地强烈起来。

"我们应该尽快离开。"安琪说，"今天天放晴了，那个看屋子的老太婆一定会来的。"

苔丝虽然不是很愿意，但也没有别的办法。他们简单地收拾了一下，然后静悄悄地上路了。近几天的温馨生活使两个人的身心都得到了休息，走起路来精神十足。临近中午的时候，他们发现已经接近梅尔切斯特了，那里高楼林立，是去往北方的必经之地。安琪让苔丝在树林里躲避一下午，到了晚上，他们才继续上路，很快，他们就穿过了上威塞克斯和中威塞克斯的交界处。

他们敏捷地穿梭在林间小路上，前方就是梅尔切斯特，为了越过前面的大河，他们必须进城过桥。深夜，他们走在空无一人的大街上，几盏灯发出幽幽的光亮，他们小心谨慎地避开石块路面，一座高耸的教堂出现在他们的面前，但他们无暇顾及，只想快点儿穿过这城市，再走了几英里后，他们进入了一片原野之中。

此刻，月亮已经彻底躲进乌云里，四周不见一丝光亮，他们只能在黑暗中向前摸索。突然，安琪触摸到前方出现的一个巨大的建筑物，而他们差一点儿就撞上它。

连一丝月光都没有了，四周一片黑暗的环境下，他们依旧在前行，体现出逃亡的紧张、急迫。【环境描写】

“这是什么地方啊？”安琪问道。

“好像还有嗡嗡的响声呢。”苔丝也感觉到了。

他们向前摸索着，摸到很多石块，细细辨别，发现这里有很多石门和石柱，上边好像还有横梁之类的。

“这是座石殿吧！”安琪说道。

有的地方只有一根石柱，有的则构成了三石塔，还有的倒在地上……“哦，我知道了，这是个圆形石林！”安琪恍然大悟。

“你说的是异教的祭坛？”

“是的，它非常古老，比你那尊贵的德伯氏家族的历史还要悠久。好了，苔丝，我们现在怎么办，继续往前走找过夜的地方吗？”

苔丝坐了下来，她显然已经很疲惫。她将自己放倒在一块长方形石板上，后面正好有一根石柱挡风，“亲爱的，我不想再走了，我们就在这儿呆一会儿，好吗？”

“可是这个地方太大了，虽然现在没什么，但到了天亮的时候，很容易被人发现的。”

“安琪，我想起来我母亲家有个亲戚就在这儿附近放牧。你以前常说我是个异教徒，那么说来，我算是到家了。”

苔丝舒服地躺在石板上，安琪跪下来吻了吻她的嘴唇。

苔丝躺在石板上就像躺在圣坛上，这暗示出她即将走向自己悲剧命运的终点——成为祭品。【暗示】

“苔丝，你看起来好累，你知道吗？你就像躺在圣坛上一样。”

“躺在这里真的很舒服。”苔丝喃喃自语，“这里只有上天能看到我们，看到我们经历过的巨大的幸福！这一刻，世界上只有你和我，再没有别人了！我好希望再也没有别人，哦，除了丽莎。”

安琪觉得让苔丝在这里睡到天亮也不会出什么事，于是他脱下外套给她盖上，而自己则紧靠着她坐下。

“安琪，如果我不在了，你要看在我们的情分上，照顾好丽莎，好吗？”苔丝在风中开口说道。

“我当然会照顾好她。”

“她是个纯净善良的姑娘，哦，亲爱的，你要是失去了我，我希望你能娶她为妻，哦，你很快就会永远失去我的，你要是能娶她，我会很高兴的。”

“对于我来说，失去你就失去了整个世界！她是我的小姨子，我怎么可以娶她呢？”

“没事的，安琪，在马洛特，常有人选择和小姨子成婚的。她是那样美丽温柔，你好好教育她，把她变成你的人，那再合适不过了。等以后我们都不在了，我会和她一起陪伴着你！”

安琪没有回应，他看到遥远的天空已经出现了光亮，白昼即将来临，巨大的石柱群开始显露出它们的轮廓。

“这里是供奉上帝的吗？”

“不是吧。”

“那么供奉谁呢？”

“我想可能是太阳，你看，那高耸的石柱全都向着太阳。用不了多久，太阳就会在那边升起。”

“安琪，你说我们死后还能再见面吗？”

他用力地亲吻了一下苔丝。

“哦，亲爱的安琪，我真的很怕死后就不能再见到你了。”苔丝已经开始控制不住自己的眼泪，“那样我会非常非常想你的，我们是如此的相爱，我们在死后应该是能够重逢的，你说是吗？”

安琪像所有伟大的哲人一样，对关键问题不作出回答。两个人陷入了沉默之中。不一会儿，苔丝进入了安稳的梦乡，她紧紧握着安琪的手也松弛下来。整个原野都陷入了寂静之中，静静地等待着黎明的来临。一根根石柱站在那里，冷静地注视着他们，突然，一个黑色的身影逐渐由小变大，步步向他们逼近。很快，安琪发现了他，心里埋怨起自己不该在此处停留太久，但限于眼前的形势，也只好按捺不动。

> 石柱本是没有生命的，在此处却像人一样冷静地注视着他们，似乎在等待着他们的结局。【拟人修辞】

不幸的是，安琪逐渐发现走近他们的还不只一个人，他们已经被四面八方的好几个人包围了。难道苔丝的不安就要变成现实了？安琪跳了起来，试图寻觅到合适的武器和逃跑的路径，但离他最近的那个人已经让他没有这个机会了。

“先生，别动，动也无济于事，我们一共十六个人，而且整个地区都被通知到了。”

“那么求求你们先让她睡个好觉，等她自己醒过来，好吗？”安琪只能作此要求了。

那些人没有反对，他们站在一起，像站立的石柱一样，等候着苔丝的醒来。安琪跪在苔丝的身旁，轻轻地握住她的手，就像握住一只受伤的小兔子。不久，太阳出来了，一缕晨光照在了苔丝柔弱的身躯上，将她从睡梦中唤醒。

苔丝的美丽、脆弱就和“受伤的小白兔”一样惹人怜爱，这个恰当的比喻句深深打动了读者的心。【比喻修辞】

“亲爱的安琪，怎么了？是抓我的人到了吗？”“是的，苔丝，他们到了。”

“哦，安琪，我很高兴，真的，这种幸福是不应该长久的，因为这种幸福遭到了所有人的嫉妒，我享受到了，安心了，我知道你永远都不会抛下我不管的，这让我很满足！”

她站起身，向那些人走去，那些“石柱”一根未动。

“我都准备好了，一起走吧！”苔丝的脸上透出一份祥和……

苔丝的死刑是在古老而又美丽的城市——温顿塞斯特执行的。

那一天，安琪和苔丝的妹妹——丽莎一起出现在城里。丽莎已经长成一个大姑娘了，身材匀称，面容美丽，一眼望去，简直就是另一个苔丝，只不过比她的姐姐略微瘦些。她和安琪手拉着手，安静地向山顶走去，悲伤笼罩着他们。

通过身材、面容等外貌的勾勒，一个更加年轻的“苔丝”——丽莎出现在读者的面前，让人不禁又为她的姐姐唏嘘不已。【外貌描写】

快到山顶的时候，城里的大钟敲了起来，他们显然被震惊了，踉跄地往前走着，但一种力量又控制了他们的脚步，他们只能瘫倒在山顶的石碑旁，默默地注视着山下的八角阁楼。

他们紧紧地盯着那里，直到钟声过后，一面黑旗缓缓地从杆子上升起，飘扬于风中，那面旗帜是执行死刑的标志！

一切都尘埃落定了……而那面黑旗飘扬着，无声无息。诸神停止了对苔丝命运的摆布，她那显贵的祖先们依旧长眠于往昔的荣耀中，对现在所发生的一切一无所知！安琪与丽莎长跪在那里，似乎是在为苔丝祷告，而那面黑旗飘扬着，无声无息。后来，那两个人站了起来，手拉着手，消失在前方……

·品读与欣赏·

在本章中，苔丝以杀死亚雷克的方式逃脱了他对自己的纠缠，并和安琪一起走上“幸福”的逃亡之路。然而幸福是短暂的，很快追捕苔丝的人到了，在安琪的请求下，他们等着苔丝自己醒过来才展开行动，最终全书在苔丝的死刑中落下帷幕。作者在本章中流露出很强的宿命情结，将全书的悲剧气氛推向了高潮。

·学习与借鉴·

1.侧面描写：作者并没有站在苔丝或亚雷克的角度来写两人之间的冲突，而是以布鲁克斯太太“偷窥”的角度，详尽描写出两人矛盾的最终爆发。

2.渲染悲凉气氛：“一切都尘埃落定了！那面黑旗飘扬着，无声无息。”整部小说在苔丝的死刑中落下帷幕，渲染出无尽的悲凉气氛。

名著知识要点

作者及年代	作者托马斯·哈代(1840-1928),英国著名的小说家、诗人。
地位与影响	《苔丝》是英国19世纪批判现实主义文学的代表作之一,同时也是世界文学史上不可多得的瑰宝,曾多次被搬上银幕,成为中国观众非常喜欢的作品之一。
作家作品评价	《苔丝》是哈代著称于世的“威塞克斯系列”中的一部力作。作者笔下的人物有血有肉、个性突出,对现实社会的反映和揭露也准确生动。一百多年过去了,女主人公苔丝由于其所拥有的人性与灵魂深处的巨大魅力,早已树立在世界文学画廊之中,成为最动人的女性形象之一。
人物形象	本书的主人公苔丝是一位非常善良美丽的农村姑娘,她向往人生的真和善,但却总是遭到厄运的打击。她宁可受苦受穷也绝不做别人的情妇,为了真爱甚至可以牺牲自己,这一切都表现出了她坚强和勇敢的品质。而另一位主人公安琪则让读者感受到了他单纯的天性以及面对爱情时的热情,但同时他的软弱、迟疑又使得他和苔丝最终走向了悲剧结局。
内容概要	《苔丝》以19世纪80年代的英国为背景,讲述了出身贫苦的少女苔丝的悲惨命运。为了家中生计,她被恶少亚雷克奸污,后又经历了痛失爱子、被丈夫遗弃等多重打击,最后她举起了复仇之刃,杀死亚雷克,因而被判处死刑。小说从侧面反映了19世纪英国底层妇女的悲惨命运,揭露了资产阶级道德和宗教的虚伪。

续表

文章主旨	小说描写了农家少女苔丝的爱情悲剧，讲述了她悲惨的人生经历。作者通过她的故事向人们揭示了资本主义社会制度下道德和人性的虚伪与残忍，同时也表达出作者对生活在社会底层的妇女的深切同情。
主要艺术特色	巧妙的情节设计； 形象生动的对话描写； 传神的细节刻画； 细腻的神态、心理描写。
精彩片段	安琪的“英雄救美”； 苔丝与安琪的新婚之夜； 苔丝一家流离失所； 逃亡之旅。
经典语句	苔丝：“他病得很严重，看样子都活不多久了……我的过错最终会要了他的命，可我却还是这么无耻地活着……啊，我算是彻底被你毁了……啊！天啊！我无法忍受了，再也无法忍受了！” 苔丝：“是的，我摆脱他了……我都不清楚自己是怎么办到的。”、“但是为了我的丈夫，为了我自己，这么做是值得的！他太可恨了，他恶意地伤害我，更让我难以忍受的是他还间接地伤害你，他毁了我们两个人的人生。” 安琪：“我讨厌的并不是贵族的血统，而是那种贵族的做派，那种不可一世、骄傲蛮横的丑陋模样。我觉得精神胜于一切，只要精神方面富足，出身并不重要。” 安琪：“亲爱的，我再也不会把你一个人丢下了！我爱你，不管你做了什么，我将永远在你的身边！”

阅读达标测试——模拟题

1.《苔丝》的作者是________,他创作的主要作品有________、________、________等。

2. 请指出下列各句的修辞方法,并简要分析这样写的好处。

(1) 一排排红黄相间的小花儿,微风中在道路两旁点头、微笑;一座座房屋掩映在青山绿水之中,厚密的常春藤偷偷地爬上了房檐。

____

(2) 苔丝像猫一样地躲在那里,不想被安琪发现,她的裙子沾上了草汁,两只裸露的胳膊,也被树枝刮破,呈现出淡淡的红色。

____

3. 选出文中你最感兴趣的一个人物,并简析人物性格特点。

____

____

4. 请简要概括《苔丝》的文章主旨。

____

____

参考答案

1. 托马斯·哈代 《无名的裘德》《远离尘嚣》《林居人》

2.（1）拟人。将花和常春藤拟人化，形象生动地展现出一派生机勃勃的景象。

（2）比喻。“苔丝像猫一样地躲在那里”，这个比喻修辞生动地写出了苔丝的小心谨慎。

3. 示例：苔丝是一个善良、坚忍的女性形象。她与安琪相爱后，不忍欺骗爱人而多次想将往事据实以告；她与安琪分开后，为了家中生计而百般奔波，承担起家庭重担，这一切都显示出了她善良、坚忍的性格特征。

4. 小说描写了农家少女苔丝的爱情悲剧，讲述了她悲惨的人生经历。通过她的故事向读者揭示了资本主义社会制度下道德和人性的虚伪与残忍，同时也表达出作者对生活在社会底层的妇女的深切同情。